在僻處自說外編

張至廷短篇小說選

張至廷 著

雲雨過
一曲江湖老

一起偷聽——序《在僻處自說・外編》

亞洲大學專案助理教授／林怡君

學習／抄襲本書〈袖扣記〉曲折帶出正文的風格，我這篇序也要從明代的一篇文章說起。

晚明袁宏道曾經寫過一篇〈徐文長傳〉，為了他的偶像徐文長名聲不顯而大抱不平，其中我最愛的是本傳之前寫他如何發現徐文長的經過：「余少時過里肆中，見北雜劇有《四聲猿》，意氣豪達……疑為元人作」、「後適越，見人家單幅上有署『田水月』者，強心鐵骨，與夫一種磊塊不平之氣……意甚駭之，而不知田水月為何人」。袁宏道就這樣與「徐文長」失之交臂兩次，後來在閱讀《闕編》時才終於知道田水月就是徐文長，《四聲猿》的作者也是徐文長，可是這時候徐文長已經過世幾年了。

相似的經驗我也有過。有一次參加文學獎講評會，評審們針對一篇小說討論許久，有的評審認為那篇離題了，但有些評審卻認為離題正是本文特色、非離題不可帶出文章的深度。評審們互相辯難到幾乎要吵了起來，大家唯一的共識是這篇小說很難講評。幸好後來大家得出第二個共識：這是個好作品，最後給了那篇小說一個非常非常不錯的名次。

評審們評講得玄之又玄，勾起我的好奇心，卻始終無緣拜讀那篇奇妙的大作。多年後至廷向我邀序，看〈袖扣記〉，忽然想起當年評審會上的幾個關鍵字「昂貴的袖扣」、「大人物品味堅持與小人物情誼的對比」云云，我終於醒悟：「這該不會就是當年那篇奇妙的大作吧？」謝天謝地，我跟袁宏道相比運氣好多了：錯過一次就能把作者「撿回來」，而且還能跟作者當朋友。

（不過如今已然逐步往教授生涯邁進的至廷，是否也開始感受到教授不是甚麼有錢的職業、更不是甚麼大人物？如果能夠重寫〈袖扣記〉，不知道會不會考慮改換主角的職業呢？）

誠如當年文學獎會議上評審們的意見，《在僻處自說——外編》也是本很難評論的書：書中揉雜了各式風格，有的作品承繫洪醒夫一脈，書寫市井小民相濡以沫的溫暖；有的帶有司馬中原鄉野傳奇的蒼茫風格；有的形似童話，有的頗有先秦餘風，〈妹妹〉開篇看來頗瓊瑤，結尾又完全不瓊瑤，當然還有為犬貓作傳的〈獸友圖閣集〉以及多篇看來帶有點實驗性質的作品……

然而這些作品種有個共同處：結尾往往結得很有意思，帶來意外的諷刺，或者是意外的溫暖，使得讀者掩卷之餘，還能感受到其中的裊裊餘韻。儘管作者「在僻處自說」——這標題總讓我想像一個男子蹲在牆角畫圈圈，喃喃自語，好幽暗陰沉的景象——但他還是留了個心眼在看世界，在感受其中的苦澀、言不由衷與溫馨。而既然這本書是作者在幽暗偏僻處的自言自語，那麼風格形制不統一、偶爾有些不夠圓熟之處，那也是相當合理的吧？

這是本很難評論的書，但基本上是個好作品。謝謝作者在自言自語之餘，也讓我們從旁偷聽了幾個好故事。

僻處之外

周玉軒

記得那年我帶了《在僻處自說》到東京自助旅行，一個人的旅行是種在僻處的自說，每一隅的氛圍終究是唯有我能感知的極短篇，白天我在旅行中閱讀著城市，睡前則藉著閱讀旅行到至廷兄的異想世界裡。

至廷兄的異想世界十分多變，似乎沒有他無法構築的場域，前一篇武林江湖劍影方休，下一篇聲色犬馬隨即簇擁上曠男怨女，後頭還有橫跨古今中外的奇人妙人排著隊，從小人物到貓貓狗狗甚至布偶都自有一番故事值得搬演。若將至廷兄的筆耕擬作田園農事，他必定是善於嫁接出新品種的高手，將尋常人間翻出一層又一層的新意來。

每回我拿到至廷兄的新書時，總想著他到底是個怎麼樣的人。

起初，這位「朋友的朋友」寫了個劇本〈思凡色空〉，他以白髮大叔之身竟能寫出小尼姑的細膩心情，從我再熟悉不過的崑劇劇本衍生一整夜色與空的精彩辯證，那段時間我默默嫉妒著至廷兄的才華，苦苦思索著自己該如何像他一樣寫出巧妙故事。那時我們沒見過幾次，就算後來成了臉書好友，我也難從塗鴉牆上的照片勾勒出至廷兄的長相，即便見了面，他的尊容總是藏在白髮與厚重鏡片之後，直到某次翻閱到至廷兄大作內頁的作者照片，我才恍然大悟：喔原來張至廷長這樣啊。

與至廷兄真正熟識起來是因《聊齋》的劇本創作計劃，我與至廷兄兩個編劇在導演兆欣手上縮合出一齣戲，彼此是競爭也是對話，兆欣說我們兩個一是新裡舊，一是舊裡新，至今我也沒記清哪句是說我的，哪句是說至廷兄的。除了編劇，我與至廷兄在《聊齋》演出期間還兼任台前台後各項工作，因我接觸劇場的時間比至廷兄久些，台底下忙時總得直呼其名央他處理雜事，上了台主持座談時卻又膩膩地喚一聲「至廷哥哥」，再隨口拿他說一兩句玩笑話，所幸至廷兄沒跟小女子計較，在這段愉快的合作裡，讓我逐漸發現至廷兄許多有趣的面貌。

不能免俗的，該在序裡分享一句這回新作裡我喜歡的話語，出自〈燃燒夜〉：

我們將眼睛調節至「鏡頭性格」般的「虛構格鈕」，透過鏡頭，我們並不紀錄「真實」，我們取材「真實」來虛構世界，因為鏡頭框外的真正真實永遠被我們臆測。然後，透過鏡頭，我看到了什麼？

至廷兄本就是個趣人，無論是工作、研究、創作或生活，從沒見過他有一時半刻的貧乏。在臉書上，至廷兄的貼文是我偏愛的一方逸趣，篆刻、素描、揮毫、隨筆，夜深人靜之時若是看見了他新發的文稿，我便時常又遲睡了幾分。由我眼中「虛構」出的至廷兄總是提醒著我該擺脫生活的庸碌，該打理出屬於自己的雅致，該從尋常事物激盪出更多奇思妙想，即便是在僻處自說自話，也該將創作養成割捨不了的癖。

僻處之外，自有人聽。

生命的結

國立清華大學中文系兼任助理教授／徐其寧

我習慣叫至廷大哥，不只是因為他的外表，更是因為站在大哥身邊，我總是低矮、孱弱的像無知的小羊。第一次看到大哥時，我以為他是上個世紀的人。白髮、長鬚、板指、長掛、布鞋，要不是手上翻玩的3C玩具（以及幾乎是24小時on call的按讚回應），說他是江湖郎中、地方走藝、駐府師爺，甚或是古畫中的人物，一點也不違和。很長一段時間，我把大哥當成參透世事的高僧老道，每週一次碰面，最期待的就是聽他隨口吐出一團現實的毛球，再輕輕鬆鬆的消化、蟬蛻。有時實在沒空，彼此喊、和個兩聲，也算是招呼。

《在僻處自說》從1出到2，現在又有了外編。外編當不是魏晉時內道外儒的意涵，合該是詩歌中經常可見的「外一章」、「外一篇」——在正文之外，言猶未盡的閒綴。接續1、2亦道亦儒、亦古亦今的標題與故事，人物雖有白領、樵夫、學生之不同，但箇中的命運，無論是兄弟分產的戲碼（〈兄弟〉）、夜行浪子的心聲（〈燃燒之夜〉），早已是我們再熟悉不過的社會版敘事。古往今來，生命翻攝著生命，生命就是戲仿。前事不忘，後事之師。但人往往是健忘的，4G高速運行的當代更讓人難以記得前一秒才經歷的教訓，因此用爛了的俗語永遠是命運的最佳註腳。

每個生命各有其「僻處」，無論是個性造就的、環境逼迫的，甚至是自己造業的，這些「僻處」說出來可能會逼使你我掬一把同情淚，可能會感嘆命運之殘酷，可能只有自家人懂，也可能根本無人知曉。好在大哥寫了出來，我們就拿了書，獨個兒窩著，被戳中痛處的，自己舔自己的傷口。沒經歷過的，就把這書當《石點頭》勸世書，翻了，也算嚐過人生百態。

自序

之一

這是我的個性，也可能是我難以跨越的缺陷。

很多話我是不說的，因為覺得不會被夠充分了解，我知道那會激起什麼（或者說我自以為知道），因為不願陷入無效或副作用太大的糾纏，因為我覺得不是時候。

不特定什麼事，我總在看到對方正是虛心狀態時願意多講一些，這些時候不多，所以我大半只是個傾聽的角色，也很少有什麼太堅持的意見或立場。跟我稍熟的朋友都知道，我是很容易講話的，是同一國的。我的朋友都享受到這種福利。

只有很熟的朋友才會知道，知道我還更堅持，有一些不為外界所動的想法，只是不會顯露。這是我與世界和平共處的方式。

雖然有時候很悶，充滿潛台詞，但反正我習慣了。

補一句：所以，看我的書吧，我把我拆掉放進去了。雖然，了解我對你來說不見得有什麼價值。

之二

河馬是兇暴危險的動物，有個南非人救了一隻小河馬，養大他且親密相處，但五、六年後河馬還是發了獸性咬死這南非人了。

河馬或野生動物的「獸性」經過不知幾萬年的演化所固著而成，即使愛的力量無限偉大，以短短數年、數十年也難以把握可以完全化除吧？

到底是馴化好，還是野性高明？傑克・倫敦筆下的白牙與勃克正好是兩個方向，勃克原是南方有教養的家犬，到了冰雪北地為了生存，最後切斷了與人（文明、教化）的關係，呼喚回了野性而熱烈活下去。白牙相反，從小被虐，被推向只有爭鬥的世界，所以兇性、野性畢露，後來遇到了人類的、世間的愛，野性內收（不是消失），最後竟能在充滿寧靜安詳的南方莊園當一隻守分的家犬，得到愛與安寧。

參與了人類的生活幾千年，大部分的狗馴化很深了，兇跡極斂，兇性還難以控制的，變成很少數。到底是馴化的狗比較好，還是野性的狗比較了不起？人呢？我們要被馴化，還是更具野性些？

之二

語言是人造的工具，用來表達人的情意，所以語言、語彙的含意也會隨著人情而走。

比如小時候稱呼原住民為「山地人」、「山地同胞」、「山胞」，自己講的時候心中是沒有任何貶意的，但也可能在社會薰陶下內化了某些貶抑之情而不自知，認為他們「天生弱勢」（但現在「弱勢」有時候是件非常了不起之事），需要被善待（而不是一體對待）。當時儘管心中不明白「山地人」有什麼難聽，但都改稱原住民了，因為以受稱謂者的感受為主是對的。

街友，從前就稱流浪漢、乞丐（雖然不一定是乞丐），後來稱遊民，再後來更為體貼尊重稱街友，詞彙選用的變化，的確也代表著觀念的進步。其實如果照古稱，稱為「流氓」也很恰當，也不帶貶意，《詩經》有〈氓〉篇，氓原來只是「庶民」之意，流氓就是流離失所的人（如戰亂、天災等，反有一種憐憫之意），後來又有「莠民」之意，而現在我們所指的「流氓」是什麼，當然不用多說。

「溫良恭儉讓」，現在被人這樣說，大概不會認為是懷著好意。「沉默」與「冷漠」有合義之勢。「文青」是什麼意思已經費解。雄性生殖器（屌）是了不起、帥氣之意。「幹」字及「幹領字句」在這個世代則顯得特別陽光，但字句的含意並未轉化。

不過這都沒什麼啦，語意有時候有一種自己濾清的作用（但未濾清之前則標識此一代人的思想），比如「好棒」是古時妓女稱讚恩客之詞，現在當然沒有這種意思。

我們的語言還會朝著什麼樣的勢子發展？讓我們繼續看下去。

之四

打破了威權、權威，權威地帶就會是真空的嗎？新正義取代舊正義是不斷重演之事，沒什麼稀奇，每一個族群、每一個世代都會自己選擇他們的代表人物，然後出醜給下一代看。能打破這種常規的，才會被稱為偉人，於是回頭看看，每個時世也都有各自崇奉的歷史偉人。

正義，只是某個時代確立自己所要的觀念，是觀念！萬一有誰開始代表它了，他可能就是下個世代所憎惡的禍亂之源。

小時候我們喜歡聽的搖滾樂，在大人眼耳裡簡直是「亂彈」、鬼吼，毫無美感。我們認為他們不懂，他們認為我們不懂，其實誰真懂過誰？

稍大一點，對於自己喜愛的「鬼吼」不再似原來的毫無選擇，流行就聽，開始分辯、要求品質，（從別人所說的經典）開始建立自己的經典，到了更大一些，可以不再依循商業宣傳，真正開闢個人詭怪的經典庫，然後在自己的經典與他人的經典的交集中，得到至高滿足。說真的，除了少數的特殊喜好外，我們一輩子都很難真正體會異世代所稱的「美好」，急急地就把前世代的「無聊」掃掉，面對新世代的「亂搞」又覺得膚淺。其實每個時代都有自己的時代之聲，一種自己時代才能深深體察的美好、真純、智慧。

上一代的智慧我們在傷痕累累的大半生之後，終於能稍稍體會一點點，但舊的未曾消化完，新的衝擊又來，自己一輩子建立的，也還在考驗中。

每一個世代都會被像垃圾一樣掃掉，這、是、命！為了延緩使用期限，刻意去逢迎新人類的想法、做法以假裝自己也是新人類，那是很累的，那是一種邯鄲新創的舞步，也只有少數人才能真正做到的吧。

另一種選擇，一輩子保有自己世代的美好及智慧，一部一部該放手給年輕人接手的，就一部一部放手吧。

世界本來就不會被一個世代永遠保有。
但我們一定能永遠保有自身浸潤過的美好。

之五

有一種力量，像汽車不斷需要加油，不斷從外界補充能量，不斷從內部耗盡能量，這樣他總是前進的。

有一種力量，像安靜的大地，並不真的安靜，她不斷承受、蓄積能量，若無其事。有一天，她或者爆發改變一切，她或者冒出地熱、溫泉長期無償供應溫情。

有一種力量，不發出力量，她散在到處，為所有力量提供一切支點。

之六

不管是認識人或認識事物，我們常說最重要的是「本質」，但怎麼叫這個人、事物的本質被認識了呢？「本質」很不好說。

比如某些人很厭惡蛇，可是假如以質地良好的鑽石、寶石等經過精巧的設計做成的一條蛇，這些厭惡蛇的人當中，就有些不會討厭這珠寶蛇了，因為這蛇形對他們來說本質可能是珠寶，不是蛇；對藝術愛好者而言，這本質又會是藝術，不是蛇，也不是珠寶商品。但是也會有因為是「蛇形」而全然無法接受的，即便獲得，會將之打散，碎成珠寶單元，那麼這珠寶蛇對他而言，本質仍是蛇。另外，對某些科學家而言，這珠寶蛇的本質既不是蛇，也不是珠寶，很可能他所認定的「本質」只是各種元素，碳、鉛等物。且其他各種人也會各自不同地看出這同一物的各種本質。

所以本質是什麼？我們以為我們在認識外界，其實最終只是在認識自己，我們看到外界人、事、物的本質，都是自己的本質。而且，並非一人、事、物就只會有「一種」本質。所以本質到底是什麼？有這種東西嗎？

之七

我的櫥窗打理得不勤也不懶，甚至說，常是在走逛這也不知多遼闊的櫥窗大街之餘，才隨意地整擺一下自己的櫥窗，新到貨上架除外。

我的貨物不豐也不高級，絕不時尚，但雜物或蛛網恆是清掉的。比起櫥窗大街上形形色色的櫥窗，我這兒可能算在市郊，固不成鬧區，也難以荒僻隱遯。

我不曾羨慕過任何一個人潮櫥窗，但我也看熱鬧。我完全不想批評任何一個倉儲、柴房式的櫥窗，那至少讓我巡街不易分心，只是必很快完事，說來國泰民安還真的是很無聊。透頂。

櫥窗好像胃，不能滯食，不能曠不餵食，所以非得像養寵物一樣，不時塞新東西，雖然新東西常只是改點妝的舊貨。

後來我們都忘了我們其實不靠櫥窗挺起生計，櫥窗原來只是讓我們閒逛的街景，完全可以荒廢了，老子不逛街，樂別的。

可是我們彷彿都私底下偷偷和街委密簽了什麼契約，好懶就都把自的櫥窗維持下去。

然後我們會真的忘了這個櫥窗只是公地放領，領了也完全可以棄置的，不管你還逛不逛櫥窗大街，讓自己隱居在街譚巷議。

之八

喵喵兮三晨兮晏起，朝朝科頭兮科尾。
少年自以為柯南兮，到老才知兮都南柯。
而今編夢兮白日，復黑夜兮不能無夢。
兮兮兮終歲，猶兮兮兮。
不如直兮兮兮，兮兮。任兮兮兮兮兮兮。

目次

兄弟

頭七回家

頭七時，陳山不敢睡，按照傳統的信仰，父親的魂魄會在今夜回來，與家人做最後的告別。

「還回來看誰呢？爸啊！你這輩子養了這麼多女人，偌大的家產也浪蕩得差不多了，到頭來又怎樣呢？能……能有個鳥結果？剩下的幾甲地，就種了滿滿的荒草，哼，又不養牛羊，又不是建地，值得了幾個錢啊？這光景，誰肯來給你送葬？我做兒子的當然不能管你的風流帳，可是啊，可是你也怨不得當初阿立丟下這個家跑得個無影無蹤，真的，你可怨不得……。」

秋月捧來一籃摺好的紙錢元寶，坐到了火盆旁的長板凳，挨著陳山，默默的拈起紙元寶，一個一個慢慢投到火盆中。陳山抓起煙盒，發覺已經空了，便握緊了拳，將煙盒捏扁，投入了火盆。秋月搡了他一下，說：「做什麼呀！」

陳山說：「燒這麼多元寶能頂什麼用？爸的個性妳不是不知道，轉眼還不是被騙光？」

「人都往生了，你就少說兩句吧。」

陳山用力擤了把鼻涕，擦了把臉，不是沒有淚。他拆了一包煙，拍拍秋月的肩頭：「唉，妳去跟小孩睡吧，我來守著就好。」

秋月只嗯了一聲，不再則聲，濛濛的眼神深深的瞥了陳山一眼。轉過頭，定定看著火盆裡輕輕跳動的火芽，仍然拈起了紙元寶，一個一個送入火盆。

「阿立還是沒消息？」秋月忽然迸出了一句話，聲音很輕，推不動黑夜的沉沉。陳山哼了一聲，也不說話。

陳山其實是想念陳立的，他就這麼一個弟弟，也別無兄姊弟妹。自小兄弟倆玩在一起，儘管不時也有些爭鬧，總的來說，哥倆的感情到底是深厚的。陳立的性子比陳山激烈多了，因為一向敢作敢為，兄弟倆在面對父親幾次賣地風波中，就有不同的表現。當陳山在跟父親抗議、吵嚷時，陳立也會跟著一起嚷；而父子三人狂暴的氣勢，絕沒有一個是落入下風的。但當人家兒子的，總強不過父親，吵歸吵，地照賣。

這個時候，陳山雖氣不過，也是沒轍。陳立就不同，父親幾次的賣地，都惹得他寒起臉，抄起廟會陣頭用的鋼叉，闖到父親相好的住所（當然，每次對象都不同），去討人命！好在陳立雖然火爆，倒可說是粗中有細，有時被父親用枴杖打了出來，便只是格擋，並不敢還手；有時沒見父親，他就把對方家裡搗爛，口口聲聲要取人命，虎吼得兇狠，卻不及人皮兒一丁點。就這樣，陳立雖也進出派出所好幾回，被村人目為兇人，究竟不曾鬧出不可收拾的事端。

陳山對弟弟的做法也沒什麼意見，說起來，還認為他做得對、做得好，只不過自己幹不出這樣的事罷了。為什麼呢？他自己也沒想過，也許不是膽氣不夠，只是覺得既然砸了對方也不能挽回什麼，就懶得去出這口氣了。

「阿立是重感情的人，我真不懂，他怎麼會這麼多年都不回來，連個消息也沒有？」秋月的自語拉回了陳山的思緒，猛噴了一口煙：「沒臉吧……。」

陳山對於陳立的出走極不諒解，甚至發狠要把他抓回來痛揍一頓。「這回我真會動手！」那時，秋月過門剛不滿兩年，陳山是疼老婆的人，卻也為了陳立捲了家財逃走，硬對著只會低頭的新媳婦發了好幾天的火。

「阿立啊！你怎麼會幹出這樣丟臉的事啊？真的……一點都不像你。除了搬不走的地，和你嫂子的首飾，家裡值錢的，全讓你捆走了。哥哥我會心疼這些錢嗎？我是氣你沒出息啊！爸這樣敗家，把我們從大地主變成了幾乎一無所有……就是剩幾甲荒地吧……你呢？嫌爸敗家敗得不夠快啊？今天是爸的頭七，也不知道他會不會真的回來看看，唉，還有什麼好看的呢？好大一片家產都蕩光了，也只落得我和你嫂子給他送終……。你又變成了個浪子，就我守著這個越來越破敗的家，你啊，還真狠得下心哪……。」

秋月將半籃紙元寶推到陳山腳邊，說：「你接著燒，這盆火可不能斷了。我再去摺一些。」說著走到一邊，拆開一絡紙錢。

「我知道你在想什麼。」

「妳別再替阿立說話了，他恨爸老是被騙錢，說也說不聽，才這樣的。但他把家裡的錢跟珠寶都偷了、跑了，那跟爸又有什麼兩樣？」

「我知道阿立不是那樣的人。」

「做都做了，還有什麼是不是？他就是不會想。」陳山恨恨的甩著紙元寶，又說：「總算他還知道尊敬妳這個嫂子，沒敢動妳的東西。」

「不是這樣的，我總覺得阿立不是個只顧自己的人。」秋月停了手，抬起頭來說：「再說，我一個窮人家嫁過來，身子也是陳家的，我有什麼東西不是陳家的？」

「咚」的一聲，秋月猛站了起來，帶倒了板凳。

陳山一怔，轉過頭來，看到淚流滿面的陳立正杵在門邊。

爸有沒有回來，不知道；陳立卻真的回家來了。

兄弟一場

兄弟倆發落完了父親的喪事，好容易能夠靜下身來，陳山少不得要問問陳立這些年的生活，陳立只是笑笑不肯說。陳山看著他兄弟瘦刮的身板、粗黑的皮膚，手掌上甚至長滿了繭，也就不忍心太過追問。

「我的傻弟弟，小時候人人誇我們長得像、長得福相。看看你，現在，看看你，我們多麼不像一家人啊！不是做哥哥的愛刻薄你，你現在多像個工人哪！看來你是吃了不少苦，誰讓你當初不會想事，捲了錢逃跑呢？家裡的日子多好過！好好的日子你不要，阿立，你是把錢花完了不敢回來吧？」

陳山找陳立商討今後的日子。

不比從前了，陳家的人一輩子不曾工作過；生長在鄉下，也不曾好好讀過書，已經不是少爺身分的陳家兄弟都只是國中畢業。巧的是陳家這個剛過世的老太爺，一輩子晃蕩下來，卻在把家產敗到精光的前一步煞車了，也就只差一步。陳山在父親病倒的那陣子，開始把家資仔細查核，從前鬧不清楚、也懶得弄清楚的產業忽然變得很單純。除了還不算小的老厝之外，就剩三甲多的地了。陳山私自取了父親的存摺查看，加上自己的存款，總算還能湊成一筆現錢，就是坐吃山空，也還能撐個幾年。

「但是以後呢？」陳山自問沒有勞力生財的本事，也想不出什麼創業的方向；他不曉得該將剩下來的田地賣了，還是佃給人耕作。他自己完全不懂耕作，這個是誰都知道的。只是想來想去，往後的日子仍要在這些地上面想出辦法來，陳山發覺「動腦筋」果然不是件輕鬆的事。

現在陳立回來了，儘管過往有什麼不是，總也是自己的弟弟，總也是父親的孩子；陳山考慮要不要把剩下來的這一點土地剖分給他呢？照陳山以往的個性，定是連現錢帶土地劃出一半兒來，爽快！

現下可不成，一方面他得為秋月和兒子良吉娘兒倆的後半輩子著想，一方面對陳立年輕時捲去大筆財物，心裡仍有疙瘩。雖然說見面心軟，做哥哥的不忍刨底似的追究弟弟當年犯下的糊塗事，但要跟他平分所剩不多的家資，總有些不甘。

若真要跟弟弟析分產業，陳山知道秋月絕不會不同意，果然，秋月說了：

「就是不分給阿立半毛，妳以為這麼點財產，能夠我們一家子吃幾年？當心苦日子在後頭！」

「兄弟倆平分，天經地義嘛。況且我們還多分了這間祖厝，房子雖然老舊，卻很寬敞，其實還是大佔便宜。」

「我們雖然不很年輕，也總不老啊！慢慢總能自己做點小生意，再說，現成的地總不會長腳，跑不了。」

「妳會種地？還是我會種地？就是賣地，也賣不了多少錢。」

「再想辦法吧，就是苦些，也不能佔了阿立的財產啊。」

「那他從前捲去的錢，又該怎麼算？」

秋月不響，只定睛瞅著丈夫，滿臉詫異。陳山羞紅著臉，低下頭來，秋月笑了，抱著丈夫的頭，像哄小孩。

誰知不計前嫌的哥哥跟陳立這麼一談分家，陳立卻皺著眉頭，一句話把陳山問啞了：「地分了以後呢？還靠賣地過日子嗎？」

於是，「何必一定要分家呢？」陳立說出了他的構想，他想用這三甲多的地搞個「觀光農場」。

二人暫且放下父喪的消沉，都認為「田轎仔」的日子已過到盡頭，是到該做點什麼的時候了。秋月整治了一桌好菜讓他哥倆喝著酒談著未來，給公婆上過香後，便坐下笑吟吟的靜聽著。

「先養一群羊。」陳立涮了一片羊肉，巴搭巴搭咬著。「不能只有羊欄，還要闢一片草皮，可以放羊出來活動，讓遊客餵食。」

「動物園啊？」陳山感到很困惑。

「對了！雖然不是動物園，但也不能差太多。還要挖個小池塘，養些錦鯉、水鴨什麼的。再將其他的地分成小塊，栽植一些容易採收的蔬果，像桑甚、瓜藤之類，也要蓋溫室，培養花卉、盆栽或水果。除了讓觀光客現採現買，當然也可以批售出去。最重要的是這些不同的田地，不是東一塊、西一塊的亂種，中間要鋪設好走的道路，這都不容易，要一步一步來。」

「阿立，你是在講西遊記……。」陳山半帶崇敬的打量著他忽然一下子變得陌生的弟弟，就是亂說，能一下數出這麼多東西，也夠了不起啦！陳山這樣想著。

「哥，我知道你不信，但等我們做下去了，慢慢你會相信我的。」

陳山實在不能接受弟弟這樣巨大的轉變，忍不住追問：「阿立，你這些年到底都在做些什麼？到底都在哪裡啊？」

陳立呵呵笑了幾聲，放大了聲音，握住陳山的手臂說：「哥啊！前面的工作很辛苦，也要耗費很多時間，但只要幾個部分整理得稍微像樣，就可以在靠近馬路的一邊，選個出入便利的地點，搭兩座大屋子，一座開餐廳，一座賣加工的農產品，到了這個地步，農場就可以搭起牌樓，掛上招牌了。」看陳山不答，陳立接著說：「這還只是開始，經營得有起色了，還可以把鄰近的地買下，看是要挖大水塘養魚也好，栽蓮田也好，或是弄個烤肉區也行，這些都到時再看。」

陳山忽然發覺自己什麼都不懂，事實上他一直很了解自己什麼都不懂，只不過這次的「忽然發覺」震撼力還是很大，也深具意義。

陳山只能這樣說：「萬一搞不起來，白白努力個幾年，不是一切都完了？」

「這點財產，不必太過努力，再多花用個幾年，也是一切都完了。」一句話又把他哥哥打啞了。

陳山沒了主意，茫然的說：「我們有的資金，不會夠吧？全押進去，太冒險吧？還有，這麼多事，我們怎麼做得來呢？」陳山茫然的看著秋月茫然的眼神正看著他，他們不知道該振奮，還是該害怕？秋月想起了去年帶兒子逛動物園，自己被突發的獅吼嚇傻的景象；然而眼前的這一頭，卻沒有籠子隔開。秋月一想到被獅子撕碎，便覺得身子發漲，不敢再想。

「哥，你考慮得沒錯，這事既要錢，也要人。銀行裡的老本不必動用，留些錢在手邊可以沒有後顧之憂，事情才能放手來做。人的問題比較難辦，也要管，也要教，好在現在失業率高，鄉裡應該不會找不到人手。錢的事也不會太難，我手頭上還有一些，初期的開支，大概能應付了，就算不夠，還可以跟農會貸款。」

「你有錢？」陳山瞪大了眼，陳立笑著回答：「別忘記我從前帶走一筆錢。」

「那三甲多的地，算是你的資本，資金歸我出，我們兄弟一場，當然要一起做。」說著，陳立站了起來往房間裡走，拿出了好大一張地籍圖，興沖沖的說：「先看看我初步的想法吧，很多地方我還得去請教別人或找人來看，才好決定。」

陳山也許是不勝酒力，長嘆說：「阿立，你就別再嚇我了！」而這些天來從無機會與小叔交談一句的秋月也正看著陳立傻笑。

三甲三分地

陳氏農場的開闢非常艱辛，卻很順利。陳山一步步見識到弟弟堅忍的手段跟豐富的農業知識，驚訝之餘，對弟弟終於充滿信心；另一方面，也激起了創業的雄心。開始是在弟弟的帶領下，不好意思躲懶，一段時間後，陳山在農牧事業的操作中學會了種種的竅門，逐漸累積的成就感，不但讓他滿足，也對他形成一種鞭策；於是一向不能吃苦的他，也漸漸覺得不苦了。同樣的，秋月也帶著她兒子良吉一起投入，付出了許多，也學習了許多。

從第二年開始，陳立每隔兩三個月，就會離開個十來天。哥哥、嫂嫂問他，他就說，要回以前待的農場看看。好在他總不離開太久，農場裡該注意的事務也都會叮嚀得仔細、清楚，不至於出什麼大錯。

這樣經營個四、五年下來，三甲多的地不但已經全數開發，還多購置了六分地。陳山還想擴大規模，看中了緊鄰的兩甲地，但這可有些麻煩；這兩三年來，因為「精緻農業」的推展，加上像陳氏農場等少數成功的案例，縣裡「小規模農園」已成為一種風潮，群起效尤之下，購地自然不如以往容易。不過這也不是什麼燃眉之急，就是條件談好了，陳山還是要等陳立回來才肯決定。

這回陳立離開二十多天了，沒點消息，連一通電話也沒。這幾天，陳山開始著急，有些沉不住氣，又隱隱覺得不太對勁。

待得終於等到陳立的電話時，卻又更不好過；陳立病倒了，起不了身了。陳山趕到了醫院，瘦刮刮像個黑屎蛋的弟弟身邊偎著個約莫十歲的毛孩子，正專心地搬看一本硬皮大書。

「威仔，叫阿伯，他就是你的阿伯。」那孩子順服的叫了，一頭又埋到書本裡。陳立轉過頭來跟他的哥哥說：「這是我兒子，威仔。」

這會兒陳山可顧不得陳立虛弱的神情，只一串兒的追問，而陳立也已沒什麼好瞞他哥的啦。

原來早年陳立捲跑了家財逃到遠方，也並不揮霍。他看透了自己，知道過慣了好日子的他，若仍繼續過著「什麼都不會」的生活，最終不免又是個像他爸一樣令人氣苦的敗家子。於是他找了份農場粗工的工作，想先試試再做打算，沒料到這一試，就試著了。也是陳立鐵了心刻苦自己，不數年間就成了一把好手，也娶了親，農場主的女兒，又生了個孩兒。接著，陳立自立出來，取出老家捲出，存放已久的財物，大膽投資農場事業。只可惜夫妻感情總是淡泊，也許陳立的脾性就是孤烈，一片心思完全拋在農場中，一段不長的婚姻很快走到了離異，威仔的母親最後改嫁。然後，他想念他的哥哥，想念家裡的人，一直到了打聽出父親病危的消息，他知道，該是回家的時候了。

「那又何須拖得這麼久才回家呢？至少可以給家裡個消息吧？就連你嫂子也常掛念著你呢。」

陳立避開了哥哥的眼光，頓了頓，忽又轉臉靄靄地睇著陳山說：「算了吧，我看不了爸這樣灑錢，親手毀了這個家；也不願留在家裡讓他氣死……哥，你想想，我真的會氣死他呢。」

「好吧，我知道你跟爸無緣，但為什麼連你回家了，也不願說出你這些年的生活呢？看啊，我連你有威仔都不知道。」

「哥，我且問你，當初我捲出來的那筆錢財，究竟該當是爸的？還是你的？還是我的？」

「你這樣一問，我也糊塗了，你說呢？」

「如果那些錢只是爸的，我們也就沒份，要說他一定得把這些錢留給我們，這又怎麼能說就是他的呢？落到你我身上來說，也是一樣。這樣看來，爸就是留下了錢給我們，那些錢也不是我們的。」

「你說，什麼才是我們的呢？」

「這也很難說，當初我帶出了那筆錢，本就不是打算私吞了，只想替我們陳家保留一點元氣。後來，我不再這麼想了，哥，我想我再也熬不了多久了，知道我會留下什麼給威仔嗎？」

「你在這裡的農場比家裡的大得多了，家裡的那份，也經營得不差，你有一半股份。阿立，你留給威仔的並不少。」

「不，家裡的農場我沒份，那以後就是良吉的了，只看你決定。至於我這邊的農場，我打算分給威仔他幾個舅舅，當初他們待我不薄，這些年威仔又多虧他們照看。威仔雖然跟著我學了不少東西，但實在還太嫩，就是再過個幾年，好好一個農場給他管理，也會糟蹋掉。」

「不是吧？你什麼都不給他？」

「也不是，我打算留給他的，也不少，有一筆生活跟教育基金，哥，這要託給你了……。」

「阿立，這又何消說？你從來就不想跟我分財產，你的兒子跟我的兒子又該有什麼兩樣呢？」

「嗯，只盼他們兄弟倆，能跟我們一樣和睦相處，呃，親兄弟啊。」

「我看我接威仔回祖厝住吧？阿立。」

「噢，我還留了些財產給他，等他讀完書，也不愁沒地方住。」

「是房產嗎？」

「不是，是地產，一片三甲三分大的荒地。」

而那孩子，泛淚的眼光仍在字行中不間斷前行，沒有猶豫，唯一緊閉的嘴角畫著他父親一般堅毅的線條。阿立啊，慚愧作哥哥的到今天才算是見到了你的了不起！良吉近來也學到這樣堅定的表情，陳山近乎敬畏地想著。

頭七回家

陳立的頭七，傷痛的陳山不願也不想睡，卻勸在靈前呆坐的威仔去睡：「聽阿伯的話，先睡去吧，別把身子累壞。你阿爸回來的時候，看到也安心些。」

威仔嗯了一聲，看了一眼趴睡桌上的良吉，就不響不動了。

陳山揉了揉發怔的秋月，一向手頭不停，勤快的秋月：「元寶快燒完啦！再去摺一些吧，這盆火可不能斷了。」

「你說，阿立真會回來嗎？」秋月現在是一頭被雄獅撕裂的殘羊，攤死在那裡。

袖釦記

旅居亞洲，以著作《淨土宗他力心理分析》飲譽國際學界的溫生（A. L. Winson）博士，來臺三天進行學術訪問。

行程的第二天晚上，應邀落宿在老友秦教授家中。由於溫生博士恪行「日中一食」的規律，晚餐不須招待，秦教授在六點多鐘時便將他接到家中茶敘。

大約六點五十幾分，溫生博士發現左手的袖釦掉了，遍尋不著；一勁兒顯得惴惴不安。秦教授認為這是小事，但既然溫生博士如此在意，當即取出國際珠寶大師米勒（K. Mirror）精心設計的「Devil's Eyes」琥珀袖釦慨然贈予。這對袖釦雖然不很昂貴，市價也值到二十萬元，很配得上溫生博士的身分了。當然，以他倆多年的交情來看，這倒不算是唐突。

不過，溫生博士到底婉拒了。並不是不好意思，只是他用慣「Glory of Desert」出品的「Attention」款式，現在還是堅持。秦教授沒奈何，只好驅車載溫生博士到市區某百貨公司的「Glory of Desert」專櫃採購。

七點十六分出發，途經塞車、找停車位，下車的時間是八點二十三分。

必須走過一條地下道。

這是本市最長、最寬敞、最熱鬧的地下道之一，不但行人形形色色、川流不息，也聚集著若干小販及地攤業者。只有警察取締的時刻，才能將此地熱絡的生計沖刷乾淨；一節約四十五分鐘吧，過門唱罷，大夥兒換景重來，總能恢復九成舊觀。有些耐心較差的，先走了，多半是沒有長性的小伙子；既是熬不住逃難般的流離，硬要幹這一行則是註定非得失所不可；做不久的。

於是乎，地盤雖是公家的，任誰愛來，面孔總就是些老相識。當然，來來去去是這個世界一貫的面貌，沒誰真的就生於斯、死於斯；然而，較長期的「過客」確實還是有的。比如說吧，坐在東邊出入口的那個抱米酒瓶的漢子，蓬著頭、垢著面，幾幾乎乎每天傍晚就挨在那兒灌「白湯」；等著夜半，地底下忙著掏弄糊口的小販們收攤，好自尋個地角捉夢去也，很少缺席；只不過缺了蓆子，睡得不大像樣。整個大白天卻不知都跑哪兒去了，只是也沒人關心過就是了。

沿著東側梯道下來，沒到彎口，「大賤價」的破鑼嗓對臉劈來。徐小三賣衣服，徐小四賣飾品。

「大賤價！」通常徐小三這麼一喊，小四就接口：「原廠貨！」

他們這一對兄弟檔老佔著臨近入口的位置，有時別個不識相的菜鳥或「外路客」先到，佔了他們的「第一線」，他們來了，便要趕人。大半的時候，新來的都會退讓，也有恃強不走的，那就要釀成糾紛。

這種時刻，看相的周老頭就會過來充當和事佬，轉著他吃飯的傢伙魯仲連一番，勸新來的忍一口氣，避他們一避算了。一面將人半推半搡的拉到一邊，一面低聲勸解：「出來混口飯吃嘛！犯不著惹這兩個毛神，白眈擱時辰。」

來人看他兄弟疤臉橫眉的，略一衡量，少不得交代兩句硬中帶軟的場面話，挪了吧！

有一次是例外，那一年端午節前，一位七、八十歲的老太太晌午就在那兒擺一鋪香包，光顧的人也不多，快到黃昏時，還銷不到一半，老太太也沒有收攤要走的模樣。好心的阿金嬸怕徐小三、小四到了又要嚷開，放著皮包攤上三、五個客人和她的六歲女兒，便來跟老太太說著情況；但不知那老太太是重聽，還是攪不懂阿金嬸的「下港國語」，直以為她是顧客，只一氣叨著：「一個二十塊，都我自己做的，一個二十塊。」

阿金嬸比手劃腳半天，就是不得要領，自個兒的攤子也不能淨擺著不理，只好頹然而返。

徐家兄弟來了，果然要攆老太太。其實這次態度倒還算好，但是他們也同樣面臨無法溝通的窘境，急惱之下，聲調越提越高。周老頭照例又出頭排解，但這個圓場他也打得不能順當，老太太一臉誠懇看著他們，真是充耳不聞。一般叨嘮著：「一個二十塊，都我自己做的，一個二十塊。」

周老頭沒法，反勸徐家兄弟，讓她算啦。小三、小四不依，硬是不讓，聲音已經有點兒發吼。一個逛街的年輕女孩看不下去了，罵道：「惡霸！地又不是你們家的，憑什麼趕老婆婆？」

小四很不耐煩了，往女孩的肩頭推了一把：「小姐，這裏沒妳的事啦！」

這下動了公憤，駐足圍觀的人群自然開罵，越開罵越自然，徐氏兄弟狼狽地遁了，也很自然。

老太太奇怪的看著聚起一群人，又散了；香包也是沒有多賣出一個。

節過了之後，老太太便不再來了，徐家二弟卻整整三個禮拜不見人影。

這段時日裏，當地的幾個「地攤界大佬」卻不來佔用這個當口的位置，白討一場便宜。間或幾個年輕人跳蚤般的擺個幾日而已，那地頭就有些荒。

實在說來，也不是識貨的不愛討便宜，那並不是個好地段。

賣古玩、筆硯的李二楞，恆常緊挨著「布衣相士周通了」的案板兒腳邊，鋪排出賴以維生的玩物。許是他倆老家一豫一魯，硬攀得上大同鄉，又皆屬交易清淡一類，不免就格外親熱些；再說生意寥落，哥倆要不南南北北拉拉聒，日子就更難混啦。

「我說周老哥，您瞧這徐小三、徐小四，可不挺怪氣的？老巴著那一畝三分地不放，那並不是塊『寶地』呀。」

「說著了。我左瞧右看，也不見那地坎兒透著旺氣，既沒有紫霞氤氳，也少了寶光上衝。他兄弟倆兒死心眼罷了，你犯的啥嘀咕！」

「我是納悶。要說人傻，有第一回，也有第二回，要教人連傻上三回就很為難。他兄弟二人踩著那地界，生意並不特別好，依我看，阻著通道口，反而吃虧。更要命的是，警察一來取締，他們總當炮灰。西側口、南側口都好多啦，那兒路上攤販多，兜過來，咱們這兒是尾。……這樣一說，徐家兄弟所圈禁的，不過就是一塊插不得犁尖的石繭地囉？」

「照你說的，還埋著地雷哪！所以我說死心眼嘛！」

「怪哉！除了搶那塊地盤不提，聽他倆平日說話應對，雖然確乎太過粗野不文，但總算還熱切誠實；看來頭腦也還清楚，斷不是不識世務的糊塗蟲。您想想，近半年內，他們被開了兩筆罰單，倒是硬挺認賠？」

不管如何吧，三個禮拜後，徐小三、小四又回來「掛牌上市」。掛的依然是那兩張牌：「大賤價」、「原廠貨」。

多日不見，兩人除了略顯清瘦外，倒是沒變；還是一個勁兒的落力叫賣，地下道的整東側邊鬆鬆地塞滿他們的聲響，沙啞的。到了夜深人淺時分，照舊趁著空檔一搭一搭的和鄰近的攤販開著粗獷的玩笑。實在小三、小四為人並不差，也和大夥兒和睦而熱熱地相處；只甭要想動他們的地盤，一切好說話。徐小三尤其愛消遣阿金嬸——連帶周老頭。

有的時候，當徐家兄弟車磨人的嗓音啞到了某個迷人的階段，溫柔起來；如果生意不忙，阿金嬸便會想起要女兒貞妹去向大小徐拏杯子，斟上兩滿杯自製的青草茶捧給他們摩摩粗嘎的喉頭。貞妹甩著辮子蹦到兩徐面前，仰著頭，微向上伸直雙臂，擺出「神愛世人」的派頭，嬌喊：「徐叔叔！杯子來！」二徐笑著仰乾餘瀝，繳出空杯。小三就說：

「阿貞妹，去跟妳阿母說，我們草仔茶喝煩了，無夠力啦！要喝酒啦！叫伊跟老周緊辦幾桌給我們喝一個爽，我們一定給伊包一包卡大包的啦。」

小四也湊趣：「阿貞妹，妳說妳沒有看過妳阿爸，叫妳母仔給妳找一個，好不？」貞妹對他們用力擠個鬼臉，搶了杯子就跑了。

端著杯子沿著牆根慢慢蹭來，兩條接了杯子，貞妹總是這時候才搶白：「我媽說你們兩個『羅漢腳』沒女人管，每天黑白講；要給你們做媒。」說完立刻扭頭就跑。

小三、小四的取笑也不全是捕風捉影。周老頭的生活最是省儉不過，從不掏錢買什吃食；要說省儉，這些做小生意的誰不省儉？只是偶爾也會弄碗酸菜豬肚湯、排骨飯，外加一份炸花枝、滷雞翅等豐豐盛盛的打打牙祭。而周老頭卻是再也不曾，這麼多年來，每天的食料總就是一餐自個兒烙妥的兩張麵餅，頂多加一張；逢年過節時和點兒蔥翠或「野人芹」而已。喝的淨是白水，不便的時候，生水也成——馬口鐵造的水壺據說還打過抗戰哪！

李二楞幾次邀周老頭合夥「擺一碗」——唔，南方話兒，這「大同鄉」的幅圓竟至廣及蘇杭一帶。二楞說，他出酒，管夠，只要周老頭弄點兒花生米便成；但是一次也不成功。周老頭勸他還是多攢幾個，「富是嗇出來的。」周老頭總這麼回他。「我說老哥哥呀！咱都窮了一輩子啦，別說差不離半截入土了，就這地底下討生活的命底，我看就離閻王老子不遠。誰還巴望個富……來著？倒不如消停鬆快鬆快，多偷他兩天悠哉悠哉還上算些；臨到了那一日，嘿嘿，『埋骨何須桑梓地』，是唄？」一大套苦經，潑得周老頭只能搖頭苦笑。然而，這嗇老兒對阿金嬸母女卻是另眼相看，並且不太小器。

周老頭喜歡拉著貞妹的小手說東說西，還會買養樂多、汽水給她喝；知道阿金嬸愛喝青草茶，閑時便到郊外刈些藥草給她。若說是憐惜孤兒寡婦生活不易，他地表下每天見面的這些苦哈哈們，誰又是日子好挨還來幹這拋頭露臉、藏頭露尾的行當？

阿金嬸埋怨他破費，很不好意思。他就說：「您也真見外。咱們認識不是一年、兩年了，這點小錢，您還計較？再說，一個小孩兒家，儘吃也吃不了多少的嘛。至於那些藥草，全不花費分文的；郊外山上多得是，不採，等季候過了枯塌，白糟蹋了。」

「話不是這樣說，老周。」旁邊的伙伴們全都裝著不注意，不過阿金嬸曉得，除了應對客人的，全在覷著他們——至少用耳朵。可是也不能挑人潮多、生意好的時候來說這閑話。阿金嬸的臉就紅噗噗的，不禁添了一層魅力。

「我不知要怎樣講啦，大家攏是歹命人，才來這裏賺吃，一塊兩銀攏總是艱苦錢……擱再說，囝仔人不知賺錢艱苦，愛吃就有，把錢當作沙螺仔殼……」

周老頭打斷她，說：「現在時世好，小孩兒好好栽培，將來還怕沒出息？還有，您也別老說『歹命』，我老周閱人數十載，倒看您著實有段後福可享呢！不敢斷言大富大貴，清閑的日子該有的是。」

阿金嬸眼底放出了光彩，嬌羞的姿態很明顯了。「沒那麼好命啦！只要我這個貞妹不要像我這樣吃苦就好了。」周老頭呵呵地笑，阿金嬸又說：「還有啦，煎茶用的青草很便宜，市場就有；你不要那麼厚工大去挽啦。」

「甭客氣啦！山上空氣好，應該多去走走。那天有空，我帶您和貞妹一道散散心，活動活動筋骨，好唄？」

阿金嬸低下頭來，不敢向左右看，瞥了周老頭一眼，推說有客人來了，急步走回她的皮包攤位。其實幾個散客並沒有一人停步。

如果周老頭不是在暗示些什麼，為什麼大家都懂了？

這事體，李二楞也有話說：「我說周老哥，女人都是刮骨的貨，這個我明白得不想再明白啦！您別誤會，我不是不讚成您這樁；俗話說『好事成雙』，可見『成雙』就是好事，不定要連著來兩件好事——這咱可一輩子沒碰過，打著燈籠也沒碰過——要真有，呃，敢情別人的燈籠比咱的亮？」二楞啜著打算收攤後度夜的「臺灣高粱」，每逢談起女人，便要愁愁地喝酒，這是老毛病了。

周老頭歎了口氣，說：「二楞哪！老哥哥頂不愛看你這一齣。每回你這麼喝酒像灌刀子似的擰起臉來，就該有幾天不見人影；攤子也不擺，澆果也斷路了。再看見你時，又縮了一圈兒，你倒照照鏡子瞧瞧自己這身骨架，還剩幾層皮好塌的呢？」抓過李二楞的酒瓶，旋上蓋子繼續說：「承你青眼，喊我一聲『老哥』，論交情，說來也多年了。有啥苦水、有啥傷心事儘管找老哥吐，誰沒有一段過去呢？甭老悶在心裏，會鬱出病來的。」

李二楞扭開酒瓶，卻不忙著喝，「誰有傷心事？沒有的事……啊。咱哥倆正談著您的好事哪……不……不是傷心事。我說老哥，女人都是刮骨的貨，您要有心，呃，可甭跟她耗著，早早成了好事，省得……夜長……呃……夢多，能圖個兩天快活，也是好的。」

「你說醉話了。這檔事你情我願的，那裏可以唐突！」

「你情我願，都是假的！別以為娘們柔柔弱弱的，會被你哄，其實哪，自己心裏可不知道多麼有主意。儘對她好……管得啥用？公子爺出現了，啥也沒啦。到頭來……是……是你自個兒不識相。」

「你醉啦！淨說些渾話。哪兒來的公子爺？話本看太多啦？別再喝啦！」

這種事情談不出個結果，原本稀鬆平常。那天李二楞一單生意也沒做成，周老頭知他又必一、兩天不見蹤跡，便掏了兩百元塞到他的上衣口袋。李二楞感動得不知如何是好：「老哥哥呀！您自己日子過得這樣克苦，一毛也不肯多花，……兄弟我……真沒出息。」看他快要垂淚的模樣，周老頭搖搖手：「別著！別著！像個妮子似的，多難看。錢麼，生不帶來，死不帶去的。」周老頭對自己吝嗇，對別人也不大方，除了貞妹，絕不請客。凡是花錢的事體，休想挖出他一分半毛。唯有見到同伴真的不能過門了，他才量力主動送上微薄的薪炭；這類事件雖然極少，但也實實在在發生過幾次。

同樣是暖心腸，相較之下，徐小三、小四就豪爽多了。有幾回，生意不惡，兩徐還請李二楞到麵攤子小酌；也邀周老頭，只是他每都笑笑不去。而二徐和李二楞總歸搭不上話，除了相互間的一份善意，頗有些個對坐苦飲，喝悶酒的味道。

李二楞原想向他兄弟二人討教討教關於那塊「寶地」的種種疑團，瞧這光景，也沒得說了。直到又是一個端午節。

節前，賣香包的老太太又出現了，踞的也還是那塊「產權不清」的「關隘」。說真的，大家嘴裏不講，表情都有些騷動。

周老頭和李二楞便商量起來：「這怕不知如何收場。二楞，拏個主意，看該怎地對那大嬸兒講個明白。」李二楞搔搔頭，說：「這……可就抓瞎啦。您要我跟您那位嬸子提什麼說什麼，我可是舌粲蓮花，再溜也沒有了。倘若是跟這位嬸……，完全像打空氣鎗。」周老頭說：「別胡唚！講正經的。」李二楞又搔搔頭，說：「咱腦袋瓜並沒多幾條紋路，聰明主意是沒有的，笨法子倒有一個。」「說來聽聽。」「這幾天，咱這爛攤子難得買賣暢旺，不知發了什麼邪瘋，居然冒出了一點兒油星子。您知道我一向屯不起貨，現在貨短了，還來不及補，攤面上零零落落，未免有那麼一點疲混的意思。」周老頭按不住了：「是你糊塗，還是我蠢蛋？我還聽不出個路數呢！」李二楞慢慢的說：「您既不蠢蛋，我也不糊塗，我還沒說哪！我是說，橫豎那老嬸子誰也說不上話，還不如跟徐家兄弟打交道，行就行，一翻兩瞪眼，來得爽利些。咳，要他們忍忍算啦！只是兩、三天的上落，應該不至於說不通的。」「真說不通呢？」「真說不通，您老哥雖然參透天機，總不成改行當『天』罷？沒轍啦！」周老頭想了一下，說：「要他們不做生意成嗎？」「不成啊！自然不成。」「那你講了半天不是白饒？」「做啊！當然要他們做得成生意，光棍不擋財路嘛！」「哪兒做呢？」「這兒做唄！」「這兒？那咱們呢？」「偷空安閑兩天嘛！咱們哥倆兒四處逛逛，談談講講，何等寫意？還外帶積德哩！只不過稍稍委曲您老哥了。」

「你跟我玩對口相聲哪？」周老頭略略思索一會兒，屈起的指節一叩案板，說：「就是這麼著吧！只要說得成，兩、三天不做生意也沒啥要緊。」

傍晚，徐家二弟來了。一見老太太，兩人便獃立半晌。周、李二人正要走過去說項，阿金嬸也跟過來；徐小三卻拉著小四回頭蹬上了樓梯。

去不多時，當眾人以為他們已然離開，他們又回來了。一人不由分說撒開了墊布，一左一右拱著老太太的香包攤串成一氣。眾人一看，挺像樣的，都是狠狠的鬆了一口氣。

旁的販子不願太靠近二徐的攤子，並不是他兄弟倆不好相處，只不過抵受不住他們左右開弓式的連環轟炸聲浪；老太太卻是安之若素，雖然她的唸唸有詞被淹沒了，但二徐招來的人牆較為厚實，香包的買賣也跟著慢熱起來。

這天的叫賣很不同，「大賤價」及「原廠貨」的呼聲中，或是小三或是小四，時時夾著一聲：「香包一粒二十塊，純手工的，超級俗賣，賣完為止。」

大夥兒雖然忙著招呼生意，偷空也會往那兒張一張眼，嘴角都有一抹笑意。可是呢，話說回來，假使當天真的就這麼平靜安詳、幸福洋溢的收科了；那麼，「天」也就不是那個被呼天搶地的天了。

警察來的時候，當然很緊張；不單在瞬間收妥貨物須得一把好功夫，頂頂困難的是：或許必須放棄一宗，甚至兩、三宗成交邊緣的生意。

那天消息傳得慢，首當其衝的徐家兄弟顯然是逃不及了，兄弟倆便嬲著警員苦苦哀求不放。大夥得了些空檔，全都順利的遁了，連急切間容易遺漏的什物也沒落下一個。

每一波的取締行動不盡相同，有時像疾風暴雨，倏來倏去，颳過便罷。有時像黃梅細雨，偏要霉潮整個晚上不可。端看警察大人（或他們的上司）心情而定。

這次的「過水」還算是不久便退，李二楞正巧貨短人輕，周老頭傢什本就稀少，也很麻利。哥兒們一早就料理清爽，將傢伙置在預先看好的暗巷內藏妥，回頭打算幫伙伴們拎貨。李二楞看看也沒什麼險象環生，便冷眼瞅著二徐苦苦糾纏警員，二個對五個；而老太太依然故我地：「一個二十塊，都我自己做的，一個二十塊。」

開完了罰單，一路走下去，再也沒什麼好巡檢的啦！於是一群穿制服的只好（或者正好）收隊。

辰光還不算太晚，幾個攤子又摸回來擺開。老太太好像不知世事，自始至終，唯有她是沒曾中斷推銷生意的。

還沒走的小販們都過來安慰二徐，並詢問狀況。

「沒什麼啦。好加在才開一張。」

原來徐小三謊稱老太太是他老娘，經過一番辛苦的交涉，連同小四，通共只算一個攤位。

有人問起：「一張罰單，對我們來講，也不是一個小數目哩。阿婆才來擺一天，你們要是跟伊公分這條賬，伊就壞了！」

二徐說：「沒這款事啦！這個架仔位攏是我們兄弟佔住在用，沒叫別人繳的道理啦。你放心啦。」

等人都散去了，時間也折騰掉不少；二徐意興闌珊地綑紮貨物，準備收攤。李二楞走了過去，說：「兩位小哥，不是我愛觸霉頭，您這張罰單我瞧著就有點兒『代眾受罰』的味道。好的攤位並不是沒有，您又何必老守在這兒『搶罰單』呢？我說得冒昧了些，不過是一片好意。」

「二枒叔，別這樣講，我們當然知道你是好意。也不是我們兄弟仔鐵齒，其實我們這些賺吃人誰也罰不起；但是我們少年人卡能拼，一個攤子要是能夠擺乎長久，算算也是有賺到，不差這一、兩張罰單啦。擱再說，我們日時頭攏有在做工，卡沒那麼影響啦。換做是阿金嬸或是你，二枒叔，不就增艱苦？」

「話是不錯，可是……這我可迷糊了，難道你們不替自己想想？」

「不是啦！二枒叔，我們又不是在做慈善事業；我們要是有那麼大尾就好了。那個時候，我們兄弟剛來，也看過警察抓人開罰單；我們就在看，警察都從這頭來；這頭要是顧住，幾個出口都可以跑，這頭要是沒顧住，警察一下來，說不定大家要死一半。我們想想，我們有兩個人，一個人可以不管時的跑上去看看，這樣好像卡安全。那知道生意一做下去，就攏給忘記了了。」

「噢，原來是這麼層道理。……但也多虧您兄弟兩人硬是趁住了警察，大夥兒才總算不致走避不及。」

「別這樣說啦！我們就已經走不去了，死一個總比死一串卡好嘛！」

李二枒拍拍徐小三肩頭，徐小三一笑，繼續檢點他的「生財」。

梯道口的漢子抱著空米酒瓶略微歪斜地走下來。買的、賣的，人都散得差不多了。是啊！一天就過去了。

溫生博士與秦教授用了二分四十六秒穿越地下道，進了某百貨公司，到達「Glory of Desert」專櫃，是時八點三十二分。

「Attention」是廣受學者、醫生等歡迎的款式，並不缺貨。整筆交易僅費時三分零七秒。

回到車上，時鐘顯示在八點五十四分。

路上塞車的情況已漸趨緩，九點三十三分抵達秦教授家門。

從出門到回來，一共耗時二個鐘頭十七分，講得夠清楚了。

溫生博士是十點鐘就寢的人，所以，一天也將過去了。

俠客傳

師：俠客是什麼？

這是不消說的，俠客不是什麼。

徒：但是師父就是俠客，不是嗎？

師：呃……也是啊！江湖上人稱我「驚風俠」，論武學，論心性，論行事，我的確可以說是俠客。

徒：師父教徒兒練武，不也是希望徒兒成為俠客麼？

師：不！錯了。我授你武功並非要你當俠客，只是不願前人累積無數心血創制的絕學無端失傳。

而我孑然一身，你是故人之子，如此而已。

徒：啊！師父，到底殺害我爹的惡人是誰？我等不到成年了，你快告訴我吧！

師：稍安勿躁些，你終會長大。總有一天，再也沒人管得住你時，你總會知道的。

徒：……喔。那，像師父和爹都是震鑠武林的大俠客，受人景仰，成就非凡。可是……你不要我當俠客麼？俠客難道是不好的麼？

師：不！不是的。我也不是要你不當俠客，俠客當然是好的……呃……如果能當個好俠客自然是好的。

徒：俠客當然是好的罷！也有壞的俠客麼？壞的又怎能稱得上俠客呢？

師：唉！我大半輩子的想法和你一樣，後來就不是了。自四十多歲歸隱以來，到現在，我整整想了十六年。旁的許多事情都想通了，就連武功，也無心之中又精進不少。放眼武林，其實這是不甚必要的。我縱橫一世，生平未逢敵手……。

起初，只是一個疑惑橫在心裏，漸漸的，這種疑或竟每次干涉我的行事。我原來以為，不計自身利害，管盡天下不平事，智謀有無不論，最好武藝精嫻，此所以為俠客。我的確做到了，每當成就一樁大快人心之舉後，也頗覺快慰生平。可是我理罷不平之事越多，越覺得不平事竟常從理平處來。

孩子，你能夠公平待人麼？

徒：能夠的，師父。

師：從前我也這麼認為，不過，到底只是「願意」而非「能夠」。或許也並非真的願意。

徒：師父，我不懂得。

師：我也不能算懂。世間不平之事全因人心不平而來，誅盡天下不平之人，方才鋤盡不平之事。然而如此一來，天下還剩幾人？況且先賢說，「行己有恥」，俠客也不能苟活罷！若道教化人心，俠客也沒這等本事。

徒：師父，徒兒是不懂的。但這樣的想法是不是太嚴厲了？前日撞見黑風崗的攔山一剪——鐵虎正在行劫客商，徒兒本待將他殺卻了事，師父卻只是出手懲戒一番，毀了他的成名兵刃「攔山剪」而已，且還說「罪不至死」。不必人人都死罷？

師父，我明白了！只要代代皆有俠客，則不平之事雖不能盡無，大抵可以維持世道不墜罷？

師：孩子！鐵虎的事，我做得對麼？

徒：啊？對極了！那鐵虎還算不得太惡，慣常行劫總不曾殺傷人命，也多少肯留些盤纏給苦主的。徒兒就是莽撞，虧得師父在。

師：你說那鐵虎會不會從此改過自新？還是另霸一處，佔山為王？

徒：他若還有一些悟心，就不會繼續作惡。

師：你看他這會兒有沒有一些悟心？

徒：或許……我不知道，師父。

師：我也不知道。或許你該片刻不離的跟著他。這陣子「斷水刀」練得還好麼？

徒：招式全都熟啦！但這套掌法以雄渾見長，徒兒內力總嫌不足，使起來好像還不頂用。師父，斷水刀真能斷水麼？

師：可以啊！口訣云「力小斷涓，勁厚截流」，待你第一段的八式練成再教你。
不過，斷水也是假象而已，掌勁吐出必得一沾即走，才是「斷水」的精義。

徒：唔？

師：孩子！水若是流，你便斷不得。縱然你一時斷得水，水即不絕耗弱你的勁力，待你力盡之時，水又復流。水只暫停來斷送你的氣力，你知道麼？如你誤解「斷水」義，那麼，「斷水刀」只好練成「斷命刀」了！斷的且非別人的命。

徒：我懂了。
師父，如果代有俠客，一如流水前後相續，就算一時邪道勢如斷水，亦必滅絕，對不對？

師：對的。反之，如若人心的不平一似橫流，俠客之力縱能斷水，又可奈何？

徒：俠客真是無用麼？師父！

師：孩子，俠客的事，我也不明白，我要說俠客也在流水中呢！既不是無用，也不算有用，我是真的不明白。
我同你一樣，自幼便決意當個鋤強扶弱、行俠仗義的大俠客。
但則，孩子。除卻俠客，你還想當些什麼呢？

徒：唔！徒兒只想當俠客，其他什麼也不想。

師：你想當俠客，我卻只是個農人呢！

徒：不！不！師父是當代大俠。徒兒只願能夠練成一身絕藝，首先要能報了殺父的大仇；然後，像師父一般稱雄武林，做一番大事業。最後，息隱江湖，林泉優游。

師：孩子話！你看我每日出力耕種，逢著天上落雨，還得打草繩、編竹簍。得空授你些武藝，還要你一邊放牛一邊練功，這樣早晚勞動，也只勉強混得一日一稀一乾，可有半點林泉味兒？

徒：啊！是哩！師父，當一個俠客，要如何能有行走江湖的盤纏呢？

師：這可難說。我是中州世家，家中田產無數，自不需慮此。而武林中的各門各派也皆有產業，供門人支應開銷。有些特立獨行的武林高人則自食其力，無論是塾師、商賈、屠夫……許多行業都有武林人士混跡其間。如杭州城的鐵擔子——蘇駝子，此人出自少林，掄起一把鐵扁擔使「瘋魔杖法」，少林方丈許為闔寺第一，雖在武林中位分極高，但一生甘於淡薄，自任杭州城的挑夫頭子，出賣勞力，以蠅頭小利清貧度日。

徒：噢！徒兒還以為俠客生涯是瀟灑寫意的呢！

師：怎麼？還想當俠客麼？

徒：也不是不想，不過俠客如果終日為生計奔波，那兒有空行俠仗義呢？

師：行俠仗義若須得空才行，豈不教天下冤人苦苦等殺，好不著急？依我說，俠客只是有太多的忿恨不得平息而已。假如日子過得太好，便要無事生事的。湘北三英為了一餐霸王飯誅殺了拜劍山莊的少堡主劉方，金鰲鉤金一鰲為了一樁逼婚案，滅了呂財主一門七十六口，這等人嘴裏行俠仗義，又何嘗當真知道「義」之所在？不過是任性使氣罷啦！

徒：但如師父所說的蘇駝子可算是真俠客罷？

師：蘇駝子的行事胸襟確然讓人佩服。啊……十二年了罷？可有好久不見故人了。

可記得你四歲那年，我曾攜你到杭州拜訪一個老人？

徒：記是記得的，不過只記得在銀杏樹下打彈子，一個穿短打的花白老兒和和氣氣的遞給徒兒一串糖葫蘆……呀，那就是蘇駝子麼？師父！

師：是呀！是蘇駝子。可還記得我們的談話麼？

徒：不，徒兒不曾留意。

師：蘇駝子自謂，一生行事儘往謹慎處行，但伏誅在他鐵擔子下的猶有六人，其中三人事後反復回想，罪實不至死，所以蘇駝子是少三根手指的，我曾勸他如此自懲毫無意義，但他說，若非自己猶是有用之身，慨當以死謝罪的。唉……最慘的是，六人之中，其一為誤殺義士，待那人的遺腹子安然成年之日，亦就是他命盡之日……。

徒：師父，蘇前輩是好人哪！師父你叫他不要死罷！那人的孩子成年了麼？

師：……再……四……年……。

說謊者之得獎者一日記

＃1

各位讀者——呃，我假設真有讀者，來賦予另外一些「意義」。坐在書桌前，我正寫的這篇文字，究竟好不好稱它是：「小說」？老實說，我也懶得去思索——反正現代是「後現代」，「後設」把世界與世界編織成「因陀羅網」（。原來我們並非處在「一個」世界，我們常說，天才是瘋狂的。因為，他是不安的。有時，他突圍了，脫困了，我們便要說他「不安分」，他胡說！）思索「作著什麼」更甚於「作了什麼」，我看更接近罪惡；如果罪惡就是「不安」，是「懺悔」的反面。又如果我要將讀者的癡呆考慮進來的話——算了吧！如果我這麼聰明的話，還寫些什麼？（你知道嗎？其實我是天才。這並非小說的應用策略，我很想是個聖人，但是，我的確是天才。）唉，我什麼也作不出。除非，我什麼也不理。既然我打算拿一個「證明發生過的事件」（，event，呃，抱歉。）來加入許多的謊言，我想，稱此為「創作」也不為過吧？何況是「小說」！人生太不真實了——人生太真實了！（「人生」與「真實」或「不真實」有什麼相干？）我們都不最想過我們的生活，這樣說來，人生不是挺虛構的嗎？——……（操得什麼心？）

＃2

昨天下午抵達這個城市，舅舅到車站來接他；若不是有事，大概沒機會來看望遷居已久的舅舅一家吧。雖然他一點也不想見舅舅、表弟妹，和外婆；可他心裡實在是想念他們的。

也許他想念的不是「他們」，而是從前住在鄉下他們的那個「曾經」。他們並沒什麼變，只除了表妹們長大了、表弟外出了。這樣親切而真誠的外婆與舅舅，仍是這樣的真誠而親切，可是為什麼襯景從塵灰的土厝換成了樓房，就，陌生了呢？

明天要領獎了，他坐在舅舅透天樓房的一樓辦公室，玩著外婆的一頭與外婆極不協調的吉娃娃，要說些什麼呢？鄉下的生活與都市的生活他都陌生，但他們就能這樣好好活下來了；怪不得，從小到大，他們也都不知道能跟他說什麼、聊什麼。

小時候，難得能到鄉卜度個兩天假。一個早上，天纔微明，他走出土厝，看見當時三、四歲的表弟拿著一勾湯瓢在挖圳溝水吃；他怯得並不知道要叫喚表弟。他穿到屋對面小芭樂林裡摘鮮，拉撐汗衫前緣兜了一大兜芭樂回進土厝灶間。正聽到外婆不知在叱喝表弟什麼，他把整兜的收穫攤上圓木桌，略一張望，並未看到表弟。

「哎呀，摘的這些，都還冇熟！」是慈藹的聲調。

#3

其實我是很羞澀的，所以我才用「虛構的我」來到頒獎會場——我這樣使用「虛構」一詞，（雖嫌大膽，卻也實情！）但「羞澀」更好！嗯，我八點半來到頒獎典禮的××大學校區，趁九點鐘報到之前，參觀參觀他們的校園。我也懶，草草走一圈就算完了。今天是「第×屆全國××文學獎」頒獎的日子——不說出來，其實不合我的性格（，如果我只有一種性格的話），我得了劇本組一個小小的佳作，因為他們要上演我的劇作，我就來了——這絕對是、或、不是——宣、稱、的理由（如若得的是首獎，就應該宣稱文藝的「社會功能」，呵哈）。我打算不跟什麼人說話，這，就不想述說原因了——我知道這很危險（我看，大家都還沒資格作真正的交談吧！大家都或真或假地作癡呆狀）。不過，澈底的裝聾作啞畢竟不可能，誰教我真的來了。

#4

走在那校園中，他僅僅注目著一棵棵大而老成的樹木。跟舅舅照了幾張照片，他舅啊，還記得土厝前邊那叢高大的蓮霧樹嗎？想來他那時約已六、七歲了吧？竟還不會爬樹，表弟卻這麼手搭著走了上樹，為他灑下一顆顆、一串串的蓮霧……。

#5

報到時，一位幾乎窒息的短頭髮女孩像端著不知名將要溢出的化學藥劑般地為我在寒顫的左胸口前別上一朵美豔得有些無奈的，花。我說：「得要這樣嗎？」——我可是連發放的名牌都收到包包裏，我能不能隱形？（我來得太早啦！我擅長把我的天才隱藏起來，卻不容易培養「遲到」這種私德。）她說：

「這樣才好看呀！」——我還以為我已經夠好看的了。（妳喜歡看我嗎？）我還是出去抽根煙吧！順便把花兒摘下來——是喔？那麼等等再見到為你簪花的女孩兒，你會不會因此憔悴？（這輩子，我可還沒明白我到底來做什麼的）。

＃6

九點半多，座談會就要開始。我捧著那一小朵的花兒，當做通行證，進入會場——這花兒，也可說是今天頒發的第一個獎項（剛才，我與這些從外邊陸續進來的「路人」們，此刻也才彷彿「有正經事」）。

就座的時候，我把花兒擺在桌上——當然，我並非怕被趕出會場（而這說不定才是我的本分）。翻看著本次得獎作品集，我的部分，頗像樣的；雖然打錯了不少字——說不定我還嫌它錯得少，大伙兒草率一些算啦罷！待會兒他們要說什麼？（由他們說吧！即使說得對，也不見得頂用）。我想，生氣是太不好的氣質吧！——你想呢？（最好再想一想……你想，簪朵花那麼阿花，阿花，可是不管你的作品被打錯多少字，她還是簪你一朵很好的花。噢，她就是上帝的手。）

流程表印著座談會的標題——「文學獎在文壇的意義與價值」——可是，

意義不就在於獎座、獎牌，與記錄嗎？（如果不是因為獎金也不低，對我這窮措大來說，「意義」有什麼重要？對啦對啦！你說我想成名也是真的。你知道嗎？工作很難找的。）「意義」到底是誰的？是我們這些「被意義者」的嗎？——那麼，各自問問「我是誰」、「我作了什麼」不就完了嗎？難道這樣的解答也得互相參考一番嗎？或者，是我們這些偶然的「已經意義者」的意義，對於「未被意義者」有所意義？——這一說，也許他們所謂的「意義」是一種公器，像文學獎。其實，我覺得倒不如談談「文壇」在社會的價值與意義，然後，大家就會知道「文學獎」究竟如何餵養我們這群半饑不死，兼且不得不半靠雜耍維生的，卻趾高氣昂的寵物。——其實也不是什麼「趾高氣昂」，只是……多了點夢幻般的虛榮罷了。（哼！「虛榮」？）

這個時候，（前面誰講的什麼我都沒聽到）一個就讀醫學院的得獎者正在說話：（嗡嗡嗡）「那個叫我『文藝青年』的同學，差點兒被我海K一頓。」（嗡嗡嗡）嗯，原來他恨「文藝青年」——可能這是因為聽起來「太文藝」了罷！（哈哈！是不是像「畫匠」、「教書匠」一樣寫實，所以不高興了？「文藝青年」真是個匠心獨具的匪號啊！哈哈哈。）我猜他準是「浪漫派的」（比如我動筆時，總懷疑我是個「巨匠」，對於我只是個天才，是自覺委屈的）。

如果說是「作家」，他高興了嗎？——啊！他根本無意「當作家」，只是有興趣，寫著寫著，偶然投個「文」、「學」、「獎」試試筆力而已。（說真的，得了獎，他也滿意外的，他並且認為，他的作品還不算成熟。「說真的」，我也是。）由於我怕座談會散場後，雖然幾乎絕無可能的，他萬一找我攀談——我決意不嘲笑我的自知之明（因為我夠像病人？），我得先備好應對的辭句，我想說：「先生真是極富作家的潛質。」——不！不！這句「太文藝」了，並且頗有稱讚人家之嫌，會被K！（這樣好了，說：「嗐！我還一直以為老兄是唸文學院的呢！真不含糊！」）

還好，我只是白白擔了滿滿一擔子的心，直至那天結束，醫學院的那老兄並沒和我說上半句話。——那天一個早上都沒半句話。（腹稿倒是打了不少。）還好，他們沒打算讓我負「文學獎在文壇」的責任。

午餐備辦得真算是豐盛的了。我也不清楚他們到底把那個「意義與價值」解決了沒，——我一勁兒的害怕他們質問我覬覦的這個文學獎的目的何在，意義何在，還有，他們準備讓我領取的這個文學獎的……價值何在，（我腹稿打了一遍又一遍，就怕失去了「意義」，與沒有「價值」。）大家都很有禮貌，除了發言者之外，一片肅靜。所以，我也找不到人可以串供……。

好啦！反正我又不是天才，（嗡嗡嗡）我的腦袋一片「嗡嗡嗡」，事情就過去了。——這倒好，下午沒什麼發言的機會了，這個獎，大概篤定是到手了。（即使不是天才，也可以。）（我真想問問剛才幫我戴花的女孩兒，不知道她喜歡得獎者還是天才？她又會接受那一個？）我轉頭找了半天——嗌，她不會是該校的得獎者兼任服務人員吧（？痲瘋病山谷裡的護士？嘿嘿）？用餐的，只有與會的來賓和得獎者，沒見工作人員。幾個沒簪花戴翎的，據我觀察，也還都只是得獎者。

午餐我也沒吃什麼，主要是因為早上腹稿打得太多、太兇，一時還很難消化。新詩第一名的坐我旁邊，我想，他不斷跟我「攀談」只是想消除他的緊張——嗯，他下午還有戲碼，他得發表得講感言（。我可好，看看他們上演我的戲而已，其實，戲都演了半天啦！不是嗎？如果他們像我一樣聰明，早上到現在的演出就不會這麼鬆散無聊了。……我比較喜歡海K一頓那一段。）午餐時間實在不短，因為沒有選擇，所以我選擇了我不想選擇的選擇——嗯，你選擇受獎！（人在江湖嘛，我得跟自己相濡以沫囉），唉，和新詩第一名的聊了好久——當然啦，都是說一些「文學使命」什麼的，當文學死命地被我們這一群「簪花的」追殺，我們斬殺多少，便得多少勳章。其實「文學」有自己的判斷，又關我們什麼事呢？（說什麼？我怎麼看來看去，找不到為我戴花的姑娘？說不定她才真的是「文學」的勳章呢！）反正我也沒吃什麼，喝喝免費的咖啡，止住空虛中胃液的小小波濤。一切都有個價碼，所以不必在意廉價。

#頒獎典禮

整個下午就是頒獎典禮，包括致詞，各種表演。也演出得獎作品，第一名的新詩被朗誦，我的戲被暴露。最重要的，我們這些得「獎」人依序上台跑文學的龍套。

囈……細節想不出來了，呆坐一下午——別管細節了，出這趟差，不過就是一天，有幾萬的進帳，我們都該滿足了（一個下午也沒找到那為我戴花的女孩，我好像是落選者啊！啊！她還不會知道我是個天才吧?!）嗯……「虛構的我」得獎完畢。

妹妹

「姊！妳在忙嗎？」妹妹的聲音霉霉潮潮的，像這些天來院子牆角陰悒的苔綠。我回頭看著她，穿著嫩綠色的罩式長睡衣，正倚在門框上，變成落地窗簾。兩手掐著大號馬克杯，胸前微微浮起的煙氣，簡直要將她飽含水份的一雙大眼睛潤出淚來似的。我擤了擤鼻子，揉揉眼，她美得有點兒不真實。

「沒什麼，趕一份報告罷了。進來陪我說說話吧！」我旋過身子，趴靠在椅背上。妹妹坐在床沿，低頭盯著手中杯子飄動的煙霧。

「下禮拜四要交的報告寫好了嗎？」我居然談起這樣無聊的話題！窗外的夜雨開始淅瀝瀝猛然起來，我希望節奏能夠更快些……。

最好把雨一次下盡，連下四十天四十夜，將一切都淹沒……，世界重新開始……。唉，那又如何？

妹妹小我一歲，卻與我同一個班級。重考那一年，養父母並不因為我是個

「抱來的」外來者，而對我與妹妹有任何不同的待遇。事實上，這個我從小長大的家庭，和我這位美麗的妹妹，也不曾當我是個外人看待過。

妹妹是個疼死人的「陶瓷娃娃」，功課又好。我的成績雖然只略遜她一籌，天知道我付出了多少倍的努力！

那一次的夜談，妹妹告訴我，班上素有「才子」封號的田繼庠，寫了信給她，表示希望能夠與她進一步交往。妹妹到底好心腸，一時之間，不知該如何是好，便來找我商量。我想，她的心中矛盾已極，像我一樣。

與其說是攤牌，倒不如說是掏心掏肺來得恰當。那只是羞澀，真的。妹妹與我之間絕不存在任何的防備、猜忌，或是競爭。

從田繼庠最後給我的信裏，說他非常珍視我們純潔的友誼，並且希望永遠維持下去，不要質變……。我知道事情總歸會有階段性的發展。

其實，田繼庠與我及妹妹分別通信，已有不少日子了。而我暗中觀察，早窺出端倪，只不過沒對他們說破而已。妹妹卻極是單純，大概不曉得我們的事吧。

「姊！我早該告訴你的，不過妳老是忙著做作業。當初收到他的第一封信時，我本來不想回的，就沒對妳提起。……不怪我吧？姊！妳不怪我吧？」疼死人的妹妹，姊從來就不會怪妳，「可是……妳要看了就知道，他的文筆可真夠好！我把他的信連讀了兩遍，忍不住就提筆給他回信。……不笑我傻吧？姊！妳不笑我傻吧！……我現在什麼都不知道了……一定要看看他寫的信，姊！妳看了就會知道。」

我的妹妹有著經常激動的性格，或許是易於瀕臨破碎的一種脆弱罷；她樣樣比我優秀，卻崇拜我、依靠我。如果只是我為了她而硬起了骨頭呢？大概是吧！還是，就是一種感觸？我不知道。

我將田繼庠給我的一札信件攤在床上，窗外狂亂的雨點打不息貓咪的慘號，我擰開天花板的大燈，檯燈昏暈的孤獨遂被踢至角落。雨聲雖然因此被趕走不少，妹妹急促的腳步還是令我慌了一下。

「啊！這是田繼庠的筆跡。姊？」一字的眉頭有些肉聳聳……。

妳別這樣看著我呀！姊什麼都願意給妳，可是不能為妳解答一切。我真想好好哭一場。

那一夜，我們姊妹倆彼此換看田繼庠的信件——只除了給我的最後一封，我銷毀了。田寫給我的，不外討論讀書心得及一些瑣事之類；給妹妹的，則多是心情筆記，還有幾首詩。當然，也隱隱透露著對妹妹的愛慕心思。

倦極了，妹妹在我懷裏絮絮而黏膩的呢喃愛語化為一股股纖細的、絞人的長絲，綑紮著我的心臟，不經意地一次次抽緊……。

妹妹至死也不知道，那次，我流了整晚的淚。

畢業的那一年，是異常慘痛的一年。我和田順利考取本校的研究所，妹妹卻將考試放棄了。儘管幾位熱心的教授極力勸說，也挽不回她的心；日漸憔悴的妹妹決定為田繼庠披上嫁衣，不再升學。大家都很詫異，只有田繼庠是贊成的，為此，我對他非常不諒解；我罵他自私，還跟他吵了一架。

我退了一步，告訴妹妹，即使結婚，也是可以繼續求學的。固執的妹妹卻說：「姊，我應該聽妳的，從小我什麼都聽妳的，不是嗎？可是妳不知道，這……半年多來，我的精神越來越差，活得越來越沒勁兒，每次夜裏作噩夢，哭著去找妳時，都好害怕走不到妳房間，我覺得我就好像是一場急著蘇醒的噩夢。」

可憐的妹妹，我抱著她的頭，說：「別胡思亂想了。妳在學業上的表現那麼好，大家都對妳有很深的期待，不要因為一時的情緒耽誤了前途。」

妹妹幽幽的說：「姊，前途真那麼重要嗎？我只想抓住現在。」她柔軟的頰與細緻的聲波揉著我的腹部。

「傻話！人生是要一步步實現的，那裏能急在一時呢？至於『現在』好不好，那得看妳如何去看待囉。」

妹妹雙臂攬著我的腰，仰起頭來，灼灼地看著我：「『看待』只是消極的防備與對峙，直覺的行動才能超越理性的限制。」妹妹的眼神弱了下來「姊，我不是要反駁妳，我發覺我的力氣剩下好少，好少；這陣子，我總覺得人生如果經由合理的排序，生命中最重要的，常常只能安排在次要的時程裏。甚至，它根本就在邏輯之外。」

「唉，我的傻妹妹，是誰讓妳變成這樣呢？齊克果，還是三島由紀夫？」

或者，是田繼庠？

那次的交談，毫無結論；妹妹，還是嫁了。

婚禮的當天，妹妹暈倒在牧師腳下。經過醫生仔細診斷，宣佈妹妹罹患癌症，且病巢多處轉移。幾經會診，一群醫生終究束手無策。

一日消瘦一日的妹妹神情卻是少見的平靜。有時，我看她咬著牙，捏緊關節；大部分的時候，是笑語嫣嫣的。不再神經緊張的妹妹，揩著田默默凝視著的淚，枯槁的手指動作，竟是一種優雅曼妙，彷彿洋溢著幸福的姿態。

我相信妹妹的那一聲「我願意」，是用盡殘餘的生命掙扎出來的；而，她也死在那一刻。

妹妹只撐了三個月便過逝了，那三個月中的她，則是我所異常、異常陌生的。

從此，我孤單的讀書、上學，鮮少與人交際。和田繼庠，更是形同陌路。其實，我可以感受到，田繼庠並不避忌與我交談；只是我不主動開口，他也就不覺得有此必要；他只是沉默的生活著。

研究所的課程並不繁忙，與田或其他同學相處的時間不多。自從妹妹故逝後，經常出國的父母更是長期滯留國外；他們不是不疼我，他們也會因為想念，而回國看我。但我心裏明白，他們和我一樣，對於失去了妹妹，永遠不能釋懷。我們商量過，都希望盡量保持妹妹曾經生活過的痕跡，但他們卻避免去碰觸它。於是，我獨自守著這個家，這個原本不是我的家。

白天，該到學校時，我便去處在空空洞洞的人群裡；雖然，偶爾必須見到的田繼庠像根芒刺，那不會刺痛我。偷覷著他，深邃的眼眸，依稀投影出妹妹的形像。晚上，回到家中，除了閱讀、寫字，我已經不習慣開燈了。這個家，像一把鎖；每次回家時，都有這樣的感受。將鑰匙插進門鎖，略微轉動，「啪」的一聲，鎖開了，我進入了另一把鎖。

這把鎖，還沒有解開的方法，或許永遠也不會有。我在黑暗中活動，每一個擺設我都熟悉；但是，每一件事物，我也都陌生。曾經，妹妹就是那「啪」的一聲，現在，這把鎖鏽蝕了，生著銅綠。

後來，我搬進妹妹的房間住，這點，父母倒不反對，他們一向清楚我和妹妹的感情。頭幾天，我睜著眼思念妹妹，不能成眠。之後好了些，卻連連被噩夢困擾著。

也許真是日有所思，夜有所夢吧。我常常想起妹妹告訴我的那個噩夢，就是病發前幾次逼她夜裏跑來央我同睡的噩夢。剛開始，我問她，她總不肯告訴我。到了她生命的最末三個月，安詳的躺在病床上，她說，噩夢已經不見了。經我追問，她才將那個不斷重複的夢境說出來。

「這是很難描述的，因為有些具體的感覺是沒有形像的。我夢見我裸露著身體，連一片樹葉的遮掩也沒有。兩個男人各抓住我的一支手臂，一左一右的拉扯我，像在搶奪我。右邊是米開朗基羅壁畫上的亞當，左邊那人的臉籠罩著陰暗，看不清楚，我想那是冥王海帝士。我一面想著『逐出樂園』的景象，一面想著泊瑟芬的憂鬱，心裏非常害怕。然後，我覺得我裏面的『我』，如果沒有這個『我』，我就只是軀殼，或是一具屍體。裏面的『我』被撕裂，拉扯開來，卻又不一分為二，而是一絲絲的被抽離。亞當拉出的『我』都綑綁在身上，海帝士拉扯出的『我』卻吃進嘴裏，一寸一寸地吞嚥著。我咬緊牙關，忍受著撕裂的痛楚，不敢叫出聲來；但是我覺得『我』越來越稀薄，就更加的害怕。這個時候，遠處傳來了柔和的呼聲：『有沒有人需要救贖？有沒有人需要救贖？』那聲音非常慈和安定，一聲遞著一聲越來越近；我暫時不害怕了，身體的疼痛似乎也不存在了。然後那聲音從我的背後轉到了身前……原來是罩著一襲黑衣的死神。於是我感到前所未有的恐懼，祂還不停呼喚著：『有沒有人需要救贖？有沒有人需要救贖？』溫柔的聲調從祂森冷的白牙中發出來，實在……很不協調。最後，祂舉起了鋒利的大鐮刀，對著我，當頭劈下；這一瞬間，我就醒了。」

我想，這不斷出現的夢境多少暗示了一些她內心裏的憂懼；不過，我這個妹妹從小就是易感、多愁而滿腦子幻想。這種性格，當然也會加重她的病情，也會更增她的煩惱。

沒想到我也被這個噩夢所苦。夢中的妹妹並沒有代換成我，妹妹還是妹妹。但不知是妹妹看錯了，還是我的夢經過改造；左邊那人並不是海帝士，而是浮士德；而夢中的我，卻不能確切的知道身處在何方。

可是我的夢境應該是經過改造的了。因為到了後來，出現在右邊的，反倒是浮士德；左邊的，卻是梅菲斯特。

我被這個噩夢折磨了將近半年，不斷的看著妹妹受苦，毫無辦法；我曾試過睡回原來的房間或是爸媽的，情況也未見改善。

我的身體狀況漸漸的不好，精神也變差了。有幾次，實在無法忍受了，便想找田繼庠談談；但總提不起勇氣。況且，田並不知道妹妹作噩夢這件事，雖然不是刻意的，但這是我和妹妹之間的祕密。

直到有一天，我們終於打破沉默，結束默契。

那是一場校內的論文研討會，我是發表人之一。但是大概因為長期的身體虛疲，可能也有些精神耗弱；當天在會場準備的時候，近來所罹患的間歇性劇烈頭痛忽然發作，痛得我直冒冷汗。指導教授看見我泛白的臉色，立刻要我到一旁休息，不要坐上發言席。

教授與主持人討論著我的狀況，商量著要把我從發表流程中抽掉。

田繼庠走過來了，他是現場幫忙庶務的同學之一。

「妳的論文我看過了，所提出的論題我雖然不曾深入研究，不過這個範疇我倒是常常涉獵的，應該不算門外漢。這是本學期最後一輪的發表了，若是耽擱了，也不是辦法；妳把報告大綱給我，我去跟老師說，代替妳上場，好不好？」

我實在沒什麼力氣了，只能勉強的點點頭。

田一向是個好學生，很得老師們的信賴；所以，不多幾句話，馬上得到老師的首肯。於是，研討會總算得以按照預定的程序順利進行。

研討會完畢之後，我的頭痛已經和緩了一些，但還沒完全平復。老師要我儘快去看病，也詢問我的交通狀況，不要我騎機車回家；其實我也真沒這力氣。

田說他開車，可以送我；老師聽了，這才放心的離開。我幾經躊躇，急切間，想不出一個拒絕的理由，頭痛像是又欲轉劇；而我連一聲「謝謝」都沒曾對他說。

一路上，我們都沒說話；我閉著眼睛假寐，壓在我身上的氣流是很僵硬的。大約離家不遠的時候，他開口了。

「我想，我們不是毫無淵源的，是不是？我心裏很清楚，妳並不承認我這個妹夫，但是我不相信妳不明白妳妹妹和我是彼此互相愛慕、互相需要的。算了，這些事都沒有必要再提起了。」他停了一下，我用冷漠冰封空氣，讓它更僵硬。「妳不說話？那就再聽我說吧。當初我們是好朋友，那只是因為：我們是好朋友。妳記不記得我寫給妳的信？我自己覺得我們在許多方面是很談得來的，然後，卻要因為某些荒謬的衝突而變得彼此對立嗎？我在信裏說，妳想獨佔妳妹妹，甚至是從妳妹妹自己的手中霸佔過來。老實說，直到現在我還認為我說得不錯。妳可以怪我出言不遜、不知檢點，但『事實』是妳再怎麼樣也無法否定的；我知道妳恨我搶走她，當然我不是的。可是，不管如何吧，這些都可以過去了；妳也該重新開始正常的日子了。我們都經歷了一段難熬的傷痛，也許永遠也揮之不去；但，自苦也要有個限度。」到家了，那苔綠的霉潮味，我就是從此瞎了，也永遠能夠辨認得出來。車子停了，他還講個不停，平時他不是這麼多話的。我想我睡著的表情也不很自然。「這陣子妳的身體實在太差了，要好好照顧自己。也別騎機車了，該上課的時候我會來接妳。別和我逞強，也別和自己過不去；我無意打擾妳的生活，即使妳不認我這個親戚，也該想想我們是朋友。至少，妳該為妳的父母保重身體。」我渾身發燙，我一定要大病一場了。「到家了，我說得太多了……如果妳真的不願去看病，就回家好好休息吧。」他為我打開車門。

沒有回答，自頭至尾，我一句話也沒說；像一把鎖。那天，栽進家門後的第一件事，就是好好的痛哭一場，我也不知道究竟為了什麼。然後，我好奇地把家裏的每一盞燈都打開。

啊！全部亮堂堂的，好恐怖！每一樣東西都太明顯了，站立的牆、踞蹲的家具、瞪視著的天花板、燃燒的地面……陰惻惻地冷笑的窗戶……。我開始在屋裏狂奔，「啪、啪、啪」的一串聲響中，我把光明推出門外；讓它們恣意地在外流浪吧，別來惡意地監視我的生活！

現在，我又是這個家的主人了。我讓夜靜靜的坐在沙發上，床沿、窗臺、桌上……隨處；它們是沉默的，很安份；甚至從不發表意見，而且陌生。

最近，我常在想，我對田到底是不發生男女之情的；田沒有什麼不好，一切都很優秀；然而，打從一開始，從我認識他、欣賞他開始，就不曾帶有一絲的情愫；但是到了現在，我又喜歡過誰？

我並不討厭田繼庠，也絕不嫉妒妹妹；說真的，我並不反對他們在一起；

其實，也不能不承認，這一對璧人幾乎是無可挑剔的了。我只是不能放心妹妹，妹妹永遠也不能讓我放心；或許我不能安心的把妹妹交給別人照顧，就像是個守財奴：明知銀行保險庫更為安全，卻不能不將財寶壓在自己的枕頭下，得到安眠。

我很傻，但妹妹的態度太堅決，我很難一下子調適過來。曾經，我讀到一本集子，「疏香閣遺集」，作者是明末的一位少女——葉小鸞，書序中說她「生而靈異，慧性夙成。」又列敘她的種種才學、莊靜，然而「年十七，將嫁而遽隕。」收斂之時，神色清麗如玉，「類同尸解」。序中以為其「恥彩鸞之多嫁，訾弄玉之有夫；焉肯畫眉玉鏡，掩袂鳳帷也！」這，不就是我的妹妹嗎？

然後，田繼庠無端的出現了。直到此刻，我還是不能確定妹妹，究竟算不算是一時的自我迷失？

現在田繼庠又出現了，這次出現在我的身邊。

我們一直都清楚，彼此不是談感情的對象。認識這麼多年了，我很明白他的為人；對於他想重拾舊日友誼的表現，我想多少是帶著一些憐憫、同情的。這我並不反感，他原本就富於同情心，而這好一陣子我整個人的狀況很糟，誰都看得出來；而他，是我的「妹夫」，我的朋友。我能說什麼？

不過，我們早就失去了年輕時的熱切；閑暇的時候，他也會帶我到郊外散散心；但是除非必要，通常我們誰也不開口，或許可以說，我們依然各自過著自己的生活吧。

魂牽夢縈的妹妹，是我們共有的主題；但這個主題對我們來說，卻最不投契。窮人被遺棄到角落裏，總會聚集；富人也有他們的社交圈；他們即使憎惡對方，相同的悲哀卻把他們拉在一起。

我和田繼庠究竟算什麼？什麼也不是！我越來越發覺，「我的」妹妹並非是完整的，田繼庠的心裏有著另外的一個，而這不同兩個，竟是我的同一個妹妹。為此，我的心情一日一日的不安起來。

並不能說是田在照顧我，我自己照顧自己；但他確實在生活上給予我很多扶助，我也逐漸習慣他存在我的生活；同時，我開始窺探活在他心中的，我的妹妹；當「那個」妹妹的形像愈趨清晰，我心中的這個，便彷彿也有了些異樣。這樣過了一段日子，不經意間，我有了一個奇怪的想法，我和田或許是彼此宿命中的一個元素；我心中的妹妹，眼睛總是閃著田繼庠的影子；他心中的妹妹，卻是穿著我的衣服，戴著我的髮箍。當然，這並非確實的情形，只是……就只是一種奇怪的感覺罷了。

那天，是妹妹的忌日，父母親還遠在歐洲，不能回國。沒關係，把妹妹留給我一個人吧！不，還有田繼庠。我已經不排斥田繼庠了，至少他在我的身邊，我能感到妹妹全然的沒有離開我。的確，我越來越需要他了。

我們在妹妹的墳上消磨一整個白天，第一次聊起了往事，追溯著妹妹的每一個小動作，每一個天真的表情。

晚上回家時，我邀他進門——這也是第一次。我騙他說燈與電路都壞了，他便要幫我檢查電源箱；我說不必，取出了大燭臺，點燃幾團柔和的溫暖。

也許，我們已經習於陰冷太久。長久以來，對於妹妹的懷念，或者說是對於生活，首次滋生的微小一絲酸甜，都覺得有些承受不起。我們又恢復了沉默，尷尬地浸浴在奢侈的寧靜中。像一夜致富的窮人第一次穿著高級服飾的難受與不知所措，我想。

我終於開口了：「你……要看看妹妹的房間嗎？」

在妹妹的房間裏，我坐在床沿，說起了妹妹和我前後苦患的噩夢。他像是在聽，又像只是發獃，眼神有點迷離。

他過來坐在我身邊，拍拍我的背，忽然摟住我，吻我的唇。我掙脫不開他有力的雙臂，他低聲的喊著妹妹的名字……。

於是我屈服了，抱著他，接受他深長的熱吻。他還要進一步，而我正迷亂當中，衣衫已被他半解。

他推開我，忙亂地說：「啊！我做了什麼？……對不起，我一時沉浸在回憶裏，絕不是有意要侵犯妳。……妳能原諒我嗎？」他低下了頭。

我凝望著他，心中已經有了決定。我將輕便的洋裝脫掉，胸罩已被他弄鬆，索性也一併解下；我圈著他的頸，小聲的催促他：「你想她嗎？你想她嗎？」他竟然哭了，把臉埋在我裸露的腹部，眼淚從我的腹腰滑落，霑濕了我的內褲。

我解開他的襯衫鈕扣，臉貼在他的胸膛。

一切就這麼進行著，我忍受著一種狂暴，與生澀的觸感；但當他軟語著妹妹的名字時則令我漸漸興奮……。多少個無眠的夜裏，我抱著妹妹的棉被強自耐著人世間絕對的孤零。但是，妹妹，今夜或許妳將完全屬於我了吧！

他進來了，我知道會有一陣撕裂的痛楚，但想不到是如此之甚。隨著他的投入，我幻想著——不，我感受到妹妹回來了，正與我融成一體……。

我想起了懷抱著妹妹睡覺的一種緊密感覺，和這樣粗野的……吞噬，有些類似。只不過前者似乎把時間暫停了，後者則夾帶著毀滅性，像是要將「永恆」急速地一次用盡。

事後，他非常慚愧的對我表白：「對不起，我……。」

「你把我當成妹妹了？不要緊。」

「這，為什麼呢？」

「我和妹妹是不分彼此的。我不在乎你把我當成妹妹，如果你不愛妹妹了，我反而會有罪惡感。」

「難道妳自己不需要別人愛嗎？」

「不需要。」

「那麼，剛才……。妳愛我嗎？」

「或許吧。」

從此，我們倆過著怪異的三個人的生活。其實，說不定早就是這樣的了。

婚後，我們仍住在這座充滿妹妹回憶的老宅。日子是很平淡的，除了父母親相繼去逝的悲痛外，沒有可以記述之事。

博士班畢業之後，田留在母校任教，我不想工作，便在家裏當個「師母」。

有一年，田應邀赴國外講學，因期限不定，不放心我一個人留在家裏，就要我同行。我先是不願，後來勉強答應他同去半年；他亦拿我沒辦法。

半年後，我回國了。獨自一個人，真正的獨自一個人；因為，我們離婚了。因為，我發覺他開始真正的疼愛我，不再把我當成妹妹的影子了。在田那裏，妹妹越來越稀薄了。有幾次，我們正愉悅地親密，他忘情地輕喚著我的名字；我感覺像被潑了一盆冷水，便推開他。

起先他只是驚愕，最後，我們彼此再也無法互相忍受，只好協議離婚。

「原來妳並不愛我。妳愛的，始終只是妳的妹妹而已。當初，我不得不將妳當成妹妹來愛，對抗著令我發狂的思念；我心裏真的很內疚，我覺得我對不起妳。沒想到……。」

我在離婚協議書上簽完名，推到他面前。他不再說什麼了。

回到了老宅，庭院裏的草長得又長又雜，看樣子，不能不修剪一番了。霉苔依舊，只要不被野草叢漫著，便沒了腐味兒。

進屋的時候，已近傍晚了；我還拿不定主意，要不要開燈。

如果要開燈，那也很簡單，只要「啪」的一聲……。

布偶奇遇記

這一對老夫妻多麼困頓，一個小房間住了他們一家六口，他們多麼困頓啊！

老夫妻的單人床上，白天時安安靜靜地擺著四個陳舊的布娃娃：小熊是個兩個巴掌高的小棕熊，脖子上繫著紅色的緞帶領結，名字就叫「小熊」。「小小哈」只有一個巴掌大，是膽小的小狗。還有一隻像枕頭般大小，總是四腿伸長，閉著眼睛微笑的狗狗，它的名字就叫「狗狗」。傑克則是一個比枕頭還大一半的海盜骷髏，但是它也愛笑，嘴巴咧開有臉一半大，整天笑個不停，它的笑聲「曷闔合」的，總惹得老夫妻和小熊他們一起笑。

老夫妻只有一個女兒在國外讀書，現在，這四個陳舊但洗得很乾淨的布娃娃就是他們最親密的家人。老伯伯有時候出外工作，沒回家，夜裡四個布娃娃就在單人床上陪著老太太睡覺，傑克喜歡坐在老太太臉的右邊，看著她睡著，小小哈和小熊趴在老太太頭上，老太太就抱著狗狗，一起在夢裡微笑。老伯伯不工作在家時，老夫妻就擠著這張單人床睡，到了睡覺時間，他們四個小傢伙就趴著或坐在椅子上睡。有時候老太太也出門了，到附近學校教小朋友讀書，四個布娃娃就自己玩。

他們叫老太太「主人」，因為都是老太太在照顧他們，雖然老太太常常笑著張大嘴跟他們說要吃掉他們，卻最注重他們的衛生與健康。他們叫老伯伯「樹妖」，因為老伯伯頭髮很多，又長，又花白，很像一棵老樹。其實他們以為老伯伯跟他們一樣是布娃娃，才那麼喜歡跟他們玩。床頭櫃上擺著他們的全家福照片，體型最大的傑克佔住老伯伯懷裡，小熊最皮，從老伯伯腋下鑽出來在傑克的頭上比個照相的手勢，膽小的小小哈硬是擠在老夫妻相依的臉中間。他們三個擠來擠去，只有狗狗安詳地趴在老太太腿上微笑。

有一天，老太太買了幾本老伯伯捨不得花錢買卻又想看的書回家，老伯伯回家，竟也買了兩件衣服回來送給老太太。老太太開始擔心花太多錢，養不起他們四個小傢伙，可是他們四個，一個依然閉著眼笑咪咪，好像在說：「哈哈，反正還蠻好看的。」一個還是咧著嘴看著老太太試衣服開心一直笑：「曷闔合……。」

一個跳來跳去還是吵著要抱，然後和小小哈一起好奇的翻弄新衣服。

老伯伯說：「沒關係，我再想辦法多賺點錢好了，也不要讓你們住得那麼擠。」

老太太抱起了快要造反的小熊說：「我們雖然多麼困頓，但他們說他們不要有自己的房間，他們不要沒有我們的房間，我們一家六口多麼喜歡擠一起啊！」

本來，他們不是一家六口，而是一家八口，除了老夫妻的女兒之外，還有從小陪老太太長大的布娃娃「加加」，加加是一隻比小熊還大一些的浣熊，跟老太太在一起最久。從前住的地方比較寬敞，老夫妻為了讓女兒出國留學，不顧女兒的反對，把房子賣了。為了鼓勵捨不得老夫妻的女兒安心出國，老太太讓加加陪著女兒去國外讀書了。

這一天，老伯伯在外工作不回家，夜裡老太太又思念起女兒、思念起加加。女兒還沒完成學業，老太太還忍得住不見女兒，但加加又不用讀書，只是代替媽媽陪女兒，老太太想：「要不要讓誰去跟加加換班呢？」左想右想，狗狗最具智慧，總是閉著眼感受世界，用微笑面對複雜的世界，由他照顧女兒應該最能放心，但他的皮膚太嬌嫩，一點點灰塵就受不了。小小哈太膽小，出門可能會嚇昏。小熊呢？實在太調皮了，而且整天胡說八道找人拌嘴，還是留在身邊比較安心。老太太最後想到了傑克，每天開懷大笑、什麼都不怕的傑克，到那裡也都能「曷闔合」的笑著過日子。但是老太太雖然想念加加，一想到要傑克離開，也是一百個、一千個捨不得，就這樣左右為難中，朦朦朧朧地睡著了。

遠在海外的加加忽然聽到主人說的夢話，提到她跟傑克要不要換班的事，加加側頭想了十分鐘，就撥了電話到主人的住處。

是小熊接的電話：「哈摟，我是無敵可愛小熊熊喔，你找我嗎？」

加加：「小熊啊，你好喔，我找傑克。」

小熊：「找我啦找我啦，我比傑克可愛喔。」

加加：「主人有事要問傑克啦，小熊別鬧鬧，我叫主人不要把你切片吃了。」

小熊手又搭著頭：「嗯……嗯……好吧。傑克……！」

橢圓形的傑克咚咚咚跳過來接電話：「曷闔合，什麼事？」

加加：「我是加加喔，傑克你好，我住小主人的房間。」

傑克咧著比門縫還大的嘴說：「曷闔合，我就住在主人房間啊，怎麼沒看到你？你住我的嘴巴裡嗎？曷闔合，我從鼻孔看進去也看不到你啊。」

加加：「我住在英國，小主人的房間啦。」

傑克：「曷闔合，英國好吃嗎？我沒吃過。」

加加：「……。傑克，正經點啦，你想不想來住小主人家啊？」

傑克：「曷闔合，住哪裡都好，我要睡主人的臉右邊，除非樹妖回來，我才可以讓一讓。」

加加：「啊！你們叫誰樹妖？聽起來好像很可怕！」

傑克：「曷闔合，他比小熊可愛。」

小熊跳來跳去，一邊生氣，一邊大喊說：「我比樹妖可愛！我比樹妖可愛！」

傑克還在「曷闔合」，狗狗說話了：「小熊乖啦，傑克跟你鬧著玩啦，樹妖這麼喜歡我們，怎麼會跟我們比可愛？他心裡最可愛的就只有主人而已啦，他都說他跟我們一樣可愛啊，小熊，他不是常常幫你照很多相片嗎？真是的。」

小熊：「嗯……嗯……相片是主人要照的。」

狗狗：「對啊，他們兩個人都這麼喜歡你，你還不夠可愛嗎？」

小熊：「嗯……好吧。」

這時，窗外傳來樓下摩托車「小黑」的叫聲：「主人跟樹妖在外面都有說你們很可愛喔。」

狗狗、小熊、小小哈、傑克一起擠到窗口，大喊：「YA……。」

狗狗跟小熊都比出「YA」的手勢，傑克則用力把鼻孔擠成一個V字型。

門縫卻傳來樓下的腳踏車「小紫」幽幽的聲音：「主人雖然很愛我，可是你們都跟樹妖玩過，只有我沒有……嗚……。」

砰！的一聲，抽屜跳開了，照相機「小小五」跳出來，說：「小紫乖，樹妖也很喜歡你唷！你不知道，他在送主人出門去學校後，都跑到陽台看著主人走出巷口，看主人跟小紫那麼可愛唷！下次叫樹妖帶我去拍你跟主人美美的照片啦，到時候妳就會清楚樹妖有多喜歡你了。」

於是小紫也高興的「YA」了，屋裡的小熊跟傑克翻來翻去、跳來跳去，狗狗笑得魚尾紋都快擠出來了，大家一直「YAYAYA」，小紫也YA，小小五也YA，老太太蓋的被子「小藍」也YA，然後，老夫妻女兒大學時的考試卷也偷跑出來YA一下，說：

「我98分耶，YA……YAYAYA……」

樓下的小黑也「YA」，大家「YA」個不停。

加加說：「你們那裡好熱鬧，好好玩喔。」

傑克：「曷闔合，可惜樹妖不在，不然更快樂。」

加加：「主人想讓我回家去住耶，又怕太擠，想請你來英國幫她陪陪小主人喔，你覺得這樣好不好？」

傑克想了很久，說：「我夏天先去英國好了，冬天我再回來。」

加加：「為什麼特別說冬天呢？」

傑克不曷闔合了，板著臉說：「冬天冷，樹妖雖然會盡量在家陪主人，但是要工作，也總有不在家的時候，這時，我跟狗狗要輪班幫主人取暖，等樹妖回來時，再把主人交給樹妖。」

加加：「喔……傑克好了不起喔，我回到了家裡，也會盡心的。」

狗狗說話了：「加加乖，來跟主人跟樹妖玩吧，我們歡迎妳唷。」

小熊：「歡迎……歡迎……YA……。」

日子就在這樣的困頓與歡樂中流逝，老夫妻的女兒在國外省吃儉用忙於學業，沒空閒也沒多餘的錢回國看老夫妻，加加與傑克始終沒有換班成功。老伯伯為了維持生活，也為了讓女兒在國外好好讀書，工作得更繁忙了，回家的時間也更少了。

老太太不但思念女兒、思念加加，也常常思念起了老伯伯。她有時會把床底下老伯伯收藏的一個舊皮箱拖出來，拿出了一匹綠色的小陶馬，那是老伯伯的爸爸留給他唯一的遺物。小綠馬很帥喔，他很老，也長得很老成。從唐朝飛奔到如今，沒有停過，卻一臉肅穆、莊靜，沒變過。

第一個跑過來看的當然是小熊，小熊好奇心最強。小熊很帥喔，他很小，也長得很可愛。小熊說他到過英國，但是不知路程，小熊總是一臉好奇，又帶了點哲思的表情，沒變過。

小熊最愛騎著小綠馬到處亂逛，小綠馬不會跟小熊聊天，不像狗狗，會用和善的話語帶領小熊離開無趣的時光。不像傑克，愛跟小熊開難懂的玩笑、跟小熊抬槓，提醒他現在的可貴。也不像小小哈，只會低著頭聽小熊奇奇怪怪的訓話，或說一些句子不太連貫的故事。

小綠馬不愛講話，這個小熊很了解，小綠馬像是沒說話，又好像是已經把所有的話都說完了。這點，其實也是小熊活潑的性格及可愛的外表下，隱藏的另一種哲思的性格，小熊和小綠馬一見如故，不交一語，一瞬間就成為莫逆之交，成為最好的朋友。

小熊常常告訴主人或狗狗他們：「小綠馬用腳說話。」小熊從不指揮小綠馬去哪裡，小綠馬自己帶著小熊到處看，小綠馬知道小熊心裡想看什麼，也知道小熊心裡連知道都不知道但一定會愛的景緻，小綠馬自己載著小熊去看。小熊知道小綠馬知道他所想的一切，也知道小綠馬知道他所喜歡一切，以及必定會喜歡上的一切，他們就結伴去遊玩。

小綠馬從唐朝到現在，沒有過一個朋友，只有對他東看看西看看的人們，他不是布滿灰塵地住在倉庫、架上，就是一塵不染的鎖在玻璃櫃裡。只有小熊敢騎著他，因此，也只有小熊能騎著他了。其實不是騎，是小綠馬喜歡背著小熊開始跑、繼續跑。這一點，絕不是那些東看看西看看的人們能懂的。

小熊皮起來會大喊「駕……駕……。」彷彿他在騎馬。小綠馬的臉色一點也沒反應，小綠馬心裡知道小熊只是在玩，不是在駕著他、命令他。小熊也知道小綠馬不會誤會，很放心的在小綠馬身上扮演著歷史上的「馬上英雄」，一下子關公駕著赤兔馬，也不管小綠馬是綠色的，一下子秦叔寶賣馬……。害小綠馬差點噗嗤笑出來，不過他終於還是忍住了。

小熊知道，跟小綠馬到處跑，跑到哪裡都很安全的，那種安全感跟洞悉一切的狗狗不同，也跟世間一切舉重若輕的傑克不同，小綠馬穩重如山，輕捷如風，兩眼向前一看，彷彿前面就有了軌道。

於是，小熊跟小綠馬變成了老太太的信差，每天帶回一些女兒及老伯伯的消息給她，老太太的生活每天都充滿著希望跟笑聲。每當老伯伯回來，用歉疚的眼神看著老太太，為了不能多陪陪她而道歉時，老太太就輕輕地說：「我並不寂寞啊！是你太辛苦了。」雖然老夫妻聊起來，老伯伯總要糾正許多小熊帶回來給老太太的消息，並笑說小熊都亂講話。但老伯伯出門之後，老太太依舊仔細聽著小熊騎著小綠馬帶回來的消息，並且十分相信著，還把這些消息告訴狗狗他們。狗狗依然閉著眼睛微笑，不回答什麼；傑克一樣「曷闔合」，也不說什麼；只有小小哈，一邊點頭一邊贊成。

長久的等待總會過去，最後，老夫妻的女兒高興地寫信回家，說她學業完成，可以回家了。老夫妻倆鬆了一口氣，終於可以再見到親愛的女兒了。老太太最高興，不但女兒和加加要回家，現在老伯伯也不必再工作得太辛苦了。屋子裡又掀起了一片YAYA的歡笑聲，大家都太高興了，只有小熊有一點點不愉快，因為老伯伯大笑說：「小熊每天都有新消息，什麼奇怪的消息都有，就是漏掉要回國的最重要消息。」小熊生氣大叫：「我踢你！樹妖！看我的魚與熊掌腳！」老伯伯把小熊抱起來跟大家一起YA，小熊馬上忘記剛才發生什麼事了。

老夫妻的女兒回國時，不但帶著有一點灰頭土臉但仍然美麗害羞的加加，回到家裡，還從胸前的口袋裡掏出一對雙胞胎布娃娃，都只有拇指大小，是兩隻頭鬃長長、長得很像老伯伯的獅子。老太太要等的一切都等到了，就為這兩頭小獅子命名為「小樹」、「樹也」。

現在，他們一家有幾口，我也數不清了。

蒼蠅之死

牧師其實不太想去見羅威醫生，但他願意去，因為他認為這是他的職責。

「反正他已不久於人世。」

他對於自己這樣的漠不關心感到苦惱，他並不相信羅威醫生真能回歸天國，他甚至也不十分確定天國跟地獄的存在。他雖是個十分盡職的神職人員，但這並非來自於信仰。也並不是他有什麼特別堅強的信念，我寧可說，這就是他的性格，一種無可如何塑造成的性格。以至於，他在投入神職生涯前擔任的任何一個職務，一般而言，總是好評多於惡評，雖然，並不一定讓人滿意。

推開了鐵柵，陰暗的羅威醫生並不吭聲。

「怎麼沒把燈點上呢？」牧師半跨入的身子縮了回去。

「別麻煩了，是我要他們熄燈的。」羅威醫生轉過頭來，說：「進來吧，牧師。」

牧師靜靜坐在床尾，開不得口。羅威醫生似笑非笑的看著他，雙手環抱著曲起的膝蓋，頭便歪枕在膝上。

「羅威醫生，我想您已清楚……」

「當然清楚！我還清楚你的職責就是在我最後的這段日子裡，給我安慰。」羅威醫生搖晃著身軀。「我們怎麼能懺悔？我們不都希望製造天國嗎？」

「羅威醫生……」

「住口吧！我的牧師，你的信仰是假的，我們都很明白了，不是嗎？你還想再試試你的談鋒嗎？」

羅威醫生盯著牧師，看來像是對自己的處境全不關心。「既然如此，你還想引我懺悔？還想安慰我的靈魂？」

「我親愛的牧師，我剩餘的日子這樣短，一無可為；還是讓我們來關心關心你吧。」

「我？我的事跟您有什麼相關呢？」

「你是牧師，我是醫生，別人的痛苦，甚至別人的死活，跟我們又有什麼相干呢？」

「你想知道什麼？」

「告訴我你的過去。」

＊

馬克探長從墓園回來，決定遠離傷痛，讓他的妻子安息。他將以優異的工作表現，來安撫自己破碎的心。

馬克探長在他的書房裡，正在審訊一隻帶著銬子的蒼蠅。

年輕的男僕朱里尼端著探長的早餐托盤進來，俐落地鋪排著一切，順便，他隨手，近乎羞赧地，一掌拍死了蒼蠅。

「你別動！你竟敢……」皆目欲裂的探長咆哮著，豁地站起身來，奮力將驚呆了的朱里尼推到窗邊，迅速從衣袋掏出手銬，把朱里尼銬在窗台的欄杆上。

「等會兒再來發落你。」馬克探長恨恨地轉回書桌。從抽斗裡抽出了一張驗屍單，開始填寫。

「姓名，不詳。身分，證人……嗯，蒼蠅雖也可以稱作『目擊者』，但可以合乎證人條件嗎？那麼……證物？不，證物就不能填驗屍單了。線民呢？應該可以吧，至多算他是非法公民……。」

馬克探長小心地將死蒼蠅置入銀質煙盒，又掏出放大鏡細細的檢查了桌面，並不遺漏一條蒼蠅腿或翅膀屑，然後滿意地、氣憤地押解著朱里尼來到警署。

「啊！這不是您的僕人朱里尼嗎？探長。」警署一陣騷動。

警員先把朱里尼監禁妥了，拿著表格來請示馬克探長：「探長，他的罪名是？」

「謀殺重要證人，現行犯！」

警員瞪大了眼睛：「那麼，死者是誰？」

「就在這裡。」馬克探長拍拍他的外套口袋，又說：「這案子恐怕不好處理，等我先去找驗屍官辦好正式文件再來偵訊。」說著，揚長而去。

警員急忙喊道：「是哪一案的證人被害？探長。」

「貝特街五號竊盜案！」走遠的馬克探長留下一群錯愕的警員。

「貝特街五號？那不是荒宅嗎？有什麼竊盜案？」

「是啊，那是探長夫人的故居，荒廢很久了。」

*

即將卸任的朱里尼市長到精神病院視查，這只是順道的勾當，事實上他正為是否競選連任委決不下，很想找他的朋友羅威院長談談。

另外，他在無意間發現了他的老主人，馬克探長，正在此地長期住院治療。他很想私下再見見他。因此，他在院長回來前就抵達醫院，到處巡視。

「你這罪犯！還有臉來見我？」

「要不是你，貝特街五號的竊盜案早被我偵破了。」

「你以為你能逃得了嗎？除非那群瘋子修改法律，讓謀殺罪行也有追訴期限。但我告訴你，謀殺者就是謀殺者！你這永遠的馬克白！」

朱里尼知道他的老主人瘋了，並不期望能跟他形成對話，但他十分不明白，為什麼一隻蒼蠅能讓一個人造成如此深刻而長期的怨念？

只不過是一隻蒼蠅啊……。

這令朱里尼悶悶不樂，「你就不能做你自己的主人？」羅威院長的話也令他相當不快。

朱里尼市長的連任競選失敗了。他不明白，在他的治下，市政井然有序，他自覺得他的勤勞、認真、堅守原則的公平，實在是無可非議了，但顯然人民並不喜歡他。

＊

「這麼說，那老瘋子是你的主人了？」羅威醫生帶著嘲弄的口吻。

朱里尼牧師含著話語的眼神瞪著他。

「沒錯，他們當然認為我也是瘋子。所有恐怖份子都是，他們認為我不愛惜生命，踐踏生命。嘿嘿，視人民如草芥，是吧？」

「說真的，他們判我死刑，跟拍死一隻蒼蠅有什麼兩樣？可惜現在並不輪到我判決。」

「他們，不過是想維護他們的淨土。」

「而這就是你們的淨土？」

朱里尼豁地站起，一腳踏住床尾，握拳高舉，在這一室陰暗中第一次強硬起來，喊道：「是的！是的！」聲音淹沒羅威醫生的輕笑。

埋刀

他走到岸邊，蹲下身去，正伸出手要掬水來喝。豁地猛翻了個身，一頭熊！迅速打了個旋，腰際奪出的短刀已在身前劃了兩道弧。可是綠草岸邊一片寧靜，哪兒來的熊？眼花啦？再臥向水邊，吶，可不就是一頭熊？還透著憨氣的喘著舌呢！

定睛一看，卻是一張不起眼的臉映在水面上。

「真是眼花了，我就算是一頭熊，嘿嘿，看來也會是一頭眼花的熊瞎子。」吉札兒這樣嘲笑自己，緊了緊蛇皮靴帶，繼續在山莽裡遊蕩。吉札兒丟棄了他的弓箭、刀械，甚至除了嚴冬，也丟棄了他簡陋的「家」，唯一不捨的只是腰間那把短刀，他整天在山裡流浪。一個山裡的漢子，憑著天生雄健的身板、伶俐的腦子，以至於成了一個快樂的獵人；上天似乎待他也並不薄。

他也曾下山到城裡生活，他承認城市確實是個了不起的地方，放眼看去，除了「人」，幾乎所有所見，都是他從前所不曾見，當然，他並不是無知到真的什麼都不知道，但從前聽說過的種種，磚樓房、商店、大街、市集、馬車、茶館、賣唱、說書、糕餅、飯鋪、花轎、大出喪……，各種什物、各式人等，憑他幼時模糊的獨門想像，畢竟與實景差距太大，五光十色，令人不知所措，也帶著一種迷彩樣的吸引力。初到市鎮的吉札兒貪心地想看盡一切，在山裡什麼都不怕的本性一下子被淹沒眼簾的新奇沖刷不見，定下神，他覺得沒什麼好怕的，人們看起來雖然莫測高深，卻總有些癡肥或瘦弱不堪，哼，誰怕誰？只不過街道明晃晃的，沒有樹林、草叢，感覺手腳不大施展得開罷了。平息了初到幾天對滿眼新事物、新人物的心虛與衝擊，他開始試著在城鎮間過活下去。稼他學著認些字，不很多的；足夠他沉迷俠義小說了，卻沒什麼其他的用處。稼嗇的事，他也懂得不多，到處幫人家打打短工，吃不飽，餓不死。其他的，學手藝、做小買賣，他也都顯得笨拙而缺乏耐心，甚至根本不願嘗試，這種耐心跟狩獵時的耐心居然差別很大。仗著豪強與膽識，也曾結識幾個武道中人，練過一陣子拳腳、棍棒，當過幾天打手、保鑣，但他討厭對付可憐蟲。日子多了，他發覺人群是個內鬥的圈子，然而明爭的少，暗鬥的多，一個人所要取得的一切，都得自於與人相爭；包含一切的和善，包含一切的合作。而人們比山裡的狐、兔之類可聰明太多了，也比他吉札兒聰明不少，且山裡的那套你死我活的唯一準則在城裡又用不上，他不太耐煩於同類間、不同類間的各種複雜關係。在山裡，他是一頭虎、一頭狼，不必從同類口中爭食，他予取予求。

「這些人們個個似虎似狼，為什麼我要厭煩於與他們相爭呢？為什麼殺頭狼、虎，我的心裡沒有悲戚，而我會厭倦於傷人呢？難道人壞起來，不比虎狼為甚？」

吉札兒想不通，他覺得渾身瀰漫的精力，在城市裡是四處碰壁、縛手縛腳的，好在他到城裡、人群中另有目的，也為了好奇而來體驗一番，從沒想過要在平地、人群中定居，安身立命。幾個月過去了，他沒帶什麼來，也沒帶什麼走，他回到山林裡，打獵、喝酒、唱歌。雖然那些戀慕他的女人家，沒有一個肯跟他到山裡過那痛快的「苦日子」。

吉札兒坐在澗石上，兩腳晃動著踢擊著澗水，他在等　個和尚，一個苦行僧。和尚不愛說話，也不知法名，往往吉札兒囉唆了半天，才得到一兩句回答。吉札兒常常到這裡來等和尚，但不常見得著他。吉札兒不曾探詢或追蹤過和尚的落腳處，他認為在山裡生存的動物都不會喜歡被知道巢穴所在，也許也包括人，他想。

吉札兒從城裡回山上，遇到了和尚，就在這道小澗邊。之後，就不曾妄殺動物了，除了飢餓。而在這一大片沒有邊際的莽林中，和尚則是吉札兒連飢餓時也不會殺取的唯一動物，但並不是因為他不好吃。

他這樣問過和尚：「為什麼我一點殺你的意念也沒有？假使沒了狐、兔，各種野物，我又不能忍受飢餓，你說我會不會殺了你？」和尚說：「不必問我，你自己知道的。」

「為什麼？只因為你我是同類？」

和尚沒有回答。

他們相遇的那天，和尚身上拖著淌著血的袍子，掙扎到澗邊就昏倒了。而正在飲水的吉札兒早先一步就機警地抓起了叉矛，跳到樹上張望，嗅了嗅空氣。真納悶，左近沒什麼猛獸啊！吉札兒忙湧身跳下，撕開和尚的袍襟檢視傷處。

「水……」和尚一下子醒了，悶哼著。

吉札兒用撕下和尚的袍子在澗流中漂去了血跡，擰著水注到和尚的唇喉，一邊檢視著和尚的撕裂傷口。

「是遇到大蟲唄？」吉札兒問道。

「熊……」

「這怎麼著？也是奇事，跟熊廝打還能逃脫性命？」吉札兒想，就算能有咱一般的手段，少了刀械、虎叉或趁手的兵刃，那就再也甭想跟熊鬥狠哩！何況這個徒手，白嫩嫩、瘦巴巴的和尚？他能有什麼法道？吉札兒緊忙掏看和尚的背囊，找到了金創藥，抹淨了傷口，大把地為傷口上了藥，解開了自己的綁腿，替和尚包紮。和尚緊擰著眉頭忍痛，話語倒還勉能平靜：

「哦，出家人總也有一些強壯體魄的操練哪。」

「啊！那也頂用？空著兩手自己一人在山裡亂逛，拿小命鬧著玩？」

「起碼遇著你，就一點也不危險，不是嗎？」

「熊瞎子可不跟你論交情、談契闊啊！這回你算是嚐到了吧。」吉札兒沒好氣的說。

「嗯，你看樣子是個獵戶，跟滿山的野物攀不了交情，也許有仇？」和尚竟用調侃的眼神看著他。

「什麼仇不仇？熊瞎子可又跟你和尚老爺有什麼仇？不就是碰上了就你死我亡？」

「依你看，熊瞎子會跟我有什麼仇？」

「噯！你這瘟和尚，說不通。」吉札兒負氣別過臉不理和尚，和尚就也不說話。過了好一會兒，吉札兒耐不住了，又來尋釁：「這下熊瞎子傷了你，就有仇了吧？」和尚不答，吉札兒不服氣，顧不得他身上帶傷，用厚實的肩膀輕而急躁地頂著和尚削薄的肩板兒說：「嗯？嗯？有仇吧？」。和尚就說：「你這是要去跟熊瞎子說，我跟牠有仇嗎？」吉札兒怔在那兒，不響了。

息了一陣，和尚似乎好多了，就道：「是你救了我，多謝了。」然後掙起上身靠坐在樹幹上，闔上了眼，再也不理吉札兒間歇地聒聒絮絮。

從這一天起，吉札兒在這片孤寂的荒山上，算是有了個「同伴」了。和尚身體略事恢復了一些，便不知去向，只是偶爾到這道山澗中靜坐。

這回吉札兒沒有等著和尚，日影偏西，他在山澗旁用短刀繩射殺了一頭野兔，本想就地洗剝了燒烤，又覺得血腥燻蒸了與和尚的會晤之地，似乎也有些不妥。「尊重」，他想，他是尊重和尚的，但他不明白為什麼會有「尊重」這種想法。「會不會是城裡住太久了？」吉札兒在河邊升起小小的火堆，一邊烤著兔子一邊想著：「斷不會是！城裡的人們心裡都長著一把算盤，盤得過去才會放軟面。和尚高不高興一點也不關我事，我只不想讓他不快。這又不同。」

「改天再問和尚吧，他也許知道。」丟開了這個問題，吉札兒將野兔吃了個「瘦骨零丁」。把短刀面在皮靴上摑淨了，刀身踴躍著銀光。這是他身邊留下的唯一利器了，有時候他也會想起一向精擅的刀矛、弓箭，忍不住用短刀批削了枝條權做長刀、槍棒，盡情地揮舞一番；然後自我揶揄一陣，在爽朗的笑聲中，用力拋去木條。

吉札兒靠著這把短刀，僅僅只有一把短刀，就可以在山野裡過得很好。自從拋棄了其他殺傷力更大、效率更高的兵刃，就不必耗費許多的力氣來狩獵大型的、兇猛的獸類。說真的，一個人要吃飽，畢竟所費不多，就是秋冬的儲獵，憑著這把短刀，加上一綑繩索，就地取材的樹枝、石頭等，也完全可以將自己餵飽而不虞匱乏、凍餒。

再度抽出了短刀，火光中跳映著銀金。吉札兒倒不全為了需要才留下這把短刀，雖然這的確提供他太多的便利。他懂得如何避開猛獸、毒蟲，一般的野物也傷不了他，就是打獵，除了運用刀械，也還有很多其他的方法，這些，吉札兒在更年輕時就已是行家了。所以珍惜這把短獵刀，是因為這關係著一段兒時的友誼；一個獵隊裡的小孩兒，當時跟吉札兒一般大的小孩兒送給他的。

「轉眼近十年了，小球兒早忘了這片山林了吧？」吉札兒睇著短刀懷想著。

「現在他變成什麼模樣呢？一個城裡人？」

那時，吉札兒的父親拖著病腔，還沒死，吉札兒憑著父親傳授的獵技，加上自己摸索、鑽研的巧思，整整一季，在這個人跡罕見（包括獵隊）的深山裡，在一群難得遠來的獵客間大出風頭。而瘦弱白晰的小球兒總跟著他在樹叢間亂走，大人們倒也不掛心，在他們見識過小吉札兒的手段後，自也沒什麼好不放心的啦。山上的日子儘管逍遙，在小吉札兒的記憶裡，那段與人共存的日子可以說是僅有的、暖軟的歡樂了。其他的時候，能激揚心情的，就只是放倒虎、豹等獸，充滿野性的興奮而已。

獵隊的漢子們大體上是淳樸的，豪爽的，也有幾個漢子喜愛靈敏、巧健的小吉札兒，願帶他下山。小吉札兒聽小球兒和那些漢子們講述著山林外的種種，也著實透著好奇，一顆心恨不得飛出去見識見識。但他捨不得他老病的爹，拖著一身病，爹無論如何是走不下山的。吉札兒的爹，現在終日躺在病榻上的吉貴，想起了小吉札兒出生前後的那段幸福日子，他多麼的年輕、充滿力量，眼前獵隊裡的漢子們，可沒有一個比得上他當時的壯實，和快樂。吉貴憶起了那頭虎，那頭原本和他一樣強壯、精神的大虎，及老虎被他擊死攤軟在地的模樣，口中流著涎，雄壯的身軀像洩盡了氣，鬆散在地上，像他現在鬆散在床上。那時吉貴負著老大一個背囊，奮力拽著樹皮繩網獨自捱步前進。

而今自己卻變成了死虎，快了。吉貴下了狠心，不願一把枯骨還來耽擱孩子一輩子，就頗有些要吉札兒丟下他的意思。但吉札兒堅是不捨，而獵隊也總不能專等那老朽朽化了才走。吉札兒戀戀地抿緊著嘴，半推半送行的，硬是把一路哽咽的小球兒送下了山。分手的時候，他們解下了腰間的短獵刀，互贈對方。

「吉札兒哥，我一定會再來看你的，你可別不認得我……」

吉札兒短刀插回腰間，闔上了晶亮，閉目卻繼續閃爍著懷想，自語：「山野雖然廣大，山野外卻是人海茫茫。小球兒，你那麼瘦弱的身板兒，恐怕獨自上不了山吧？」吉札兒又回想起前幾年下山的糗事，他竟獃頭獃腦的到處問著：「小球兒呢？哪兒找得到？」想著想著，吉札兒不禁失笑。「改明兒個，和尚也問我，傷我的熊瞎子呢？那可怎麼辦？」他這樣胡想著。

秋寒時節，吉札兒跋涉了好長一段路程，用一頭獐子在山村裡換了一些鹽、乾糧、碎布等用品，跟幾個大皮袋的好酒，並將之妥善藏在幾個月才回來一次的小木屋後，背了一袋老酒又來到了那山澗。

這回吉札兒連著數天都在山澗邊閒等，左右也是無事，他想。除了餓了，走遠去蒐獵些野味，烤炙了充飢，就只在山澗邊聽著淙淙的濺水聲，或想著。一個大皮袋的酒耗掉快一半，他想：「天越來越冷了，再要省儉點兒喝了。這寒凍，和尚怕是下山了吧？」

吉札兒再也料想不到，遠處傳來疾行的響動，和尚拖著染紅的僧袍，又受傷了。吉札兒竄到和尚身邊，扶他靠坐在樹下，扯開僧袍仔細看視，咧嘴一笑：「好得很！傷得沒比上次重。」和尚勉強回應了一笑。吉札兒換過憂容，一邊解下身上不多的布衣，不停手地幫和尚包紮，一邊說：「不太妙，你臉色蒼白得可怕，血流太多啦！」說著，拉過皮袋，要灌和尚幾口酒，和尚卻掙開了。

「這可由不得你！不喝酒，捱不過今晚，凍也凍死了。」吉札兒強灌了和尚幾口酒，嗆得他一直咳，腹上的綳帶也滲出血星。吉札兒發現和尚身體燒得厲害，酒才入喉，總不會這樣快發燙。

「這回又是熊瞎子？」吉札兒的聲音帶著不曾有的惶恐。

和尚苦笑。

「老相識？」

「你才是老相識，吉札兒哥……」

「啊！你叫我什麼？」吉札兒記得他與和尚不曾通過姓名。「你……你是小球兒？……你是小球兒！」

「你送我的短刀，我……拋了……，只念著要來跟你說一聲……。」

嚴冬來了，吉札兒埋了和尚，也埋了小球兒和他送的短刀。吉札兒一點也不想為和尚報仇，一點也不想找到那頭熊瞎子。小木屋裡，今夜醺滿烈酒的氣味，寂寞的風雪飄著一聲聲：「吉札兒哥，我一定會再來看你的，你可別不認得我……」

「等到開春，一切將重回熟悉？還是，一切將重回陌生？」吉札兒想不透。

山中一日

這真是一趟豐收的回程。正午的陽光碎碎灑落在這一行打尖的幸運獵人肩上，連成堆的死的活的野物身上，也閃動著黃金般的燦爛。更別提那一竹簍（雖然只是一竹簍）；深入深山的數月中，這把帶葉肥碩的蔘材，該也是這一刻才最為真實吧！

小阿三雜在這群健壯的男人當中，簡直像個小廝。尤其他瘦小的身量，更活脫是山裏捕來，未曾上拴的野猢猻。雖然他的弓彈絕技可說是山鄉裡的第一把好手，但憑他十歲的稚齡，究竟還搆不上這樣一支精銳獵隊的一員。要不是他爹、他叔一勁兒寵他，現下也就不會在這兒。

但這小傢伙的玩意兒畢竟不含糊；這些日子以來，野兔、山雉之類的小東西，居然也給他囊括不少。就說二瘤叔一刀批下來的那對鹿茸，也得他先重重的一彈擊中鹿頰才告成功。

儘管如此，因為氣力、個頭的關係，小阿三仍覺不曾享到他該得的榮耀。這回出門走得較遠，目下依舊是荒山，離家還有旬日的路程。但大伙擄獲已多，除了防範巨獸出沒，便只各顧著歇涼；打盹的打盹，扯淡的扯淡。待日頭偏西再閒閒的趕一陣路便得。這班草莽走慣的漢子，只要生計有了著落，管他山再荒、地再野，不也像自家門前一樣麼？

小阿三力氣不夠，精神可是不差！耐不住這些男子漢悠悠哉哉的孏勁兒，獨個兒攀上樹去晃盪。心裡想著，長大之後，這片望不盡的山林都將屬於他呢！

他老叔打趣他：「我說小猴兒三吶！可就把樹椏子當家了哩？你老叔那天改行，就牽著你去賣藝好唄？」

小阿三偏不吃他這一盃：「那敢情好！老叔。不過咱們得先耍一套『老馬猴樹下接蟠桃』。」說著，一氣甩下一巢鳥蛋。

他老叔與他鬧慣了不在乎，倒是他爹一旁見了發話：「這是與你有新仇還是舊恨哪？沒點來由的就整窩給掀掉。雖說是打獵，也不作興這麼個糟蹋法！」

要說頂撞他爹，小阿三是不敢的。忙說：「爹啊！我到林子裡拉屎去。一時還不走，是叭？」

他爹揮了揮手，卻闔上眼自管繼續打盹。

小阿三下得樹來，假意背著人群走開。踱了二、三十步，正打算折回來。不意一腳踏空，滑進一道溝子裡；那溝子也不算太深。巧的是小阿三一屁股正坐在一頭趴在溝底的雄鹿背上。

小阿三眼明手快，一圈手便勒住雄鹿脖子。那雄鹿更是不慢，四蹄一潑，就望前飛縱而去。

那小阿三正欲發喊，轉念又想獨力擒獲這頭大鹿。也就這麼念頭一轉，雄鹿已負著他奔出甚遠。待得小阿三念頭回轉，清楚自己並沒這能耐，那是來不及發喊了。這時他不免有些畏懼。

不知奔去多久，那雄鹿也許覺得背上這小玩藝兒不見得能予自己多大威脅，便自駐足。

小阿三給震得正發喘，小手一鬆，滑下鹿脊。瞅著那頭鹿，互相不知對方要如何處置自己。

一晌，雄鹿大膽地嗅了嗅小阿三，極沒興味的跑開去。小阿三心知，便是射牠一彈、兩彈也必奈何牠不得；雖則身上不大不小也有一把獵刀，但望著牠戟張的大角，終究不敢下手，只好任牠而去。

小阿三坐在石頭上休息，一邊盤算著摸路回去；一時又計較著如何應付老叔的挖苦。

就這麼瞪眼想著，小阿三看了看樹上的黃雀，暫時是沒心情將牠彈落。一隻無聊的蟬，恰好愣愣飛來，飛過一個小樹洞。小樹洞裡伏著一隻螳螂。蟬便掛在樹幹上，動也不動，一遍一遍唱著知了。知……了。

黃雀許是有些靈性，防備似的瞄著小阿三別在身上的小彈弓，竟是不敢稍動。

又瞀著粗大的樹幹，大抵也是先找掩蔽的意思。

那螳螂一見蟬來，便有些浮動；藉著垂下的綠葉遮蓋，直盯著蟬。待那蟬一住定，鐮刀樣的雙臂，更是止不住亢奮得顫動。

這螳螂也是乖巧得離奇。先是四下一張，瞧見黃雀放著神采的雙眼正睨著自己；打了個突，忍不住就是一縮。

蟬就叫得更響了。

這樣僵持了許久，螳螂終於向蟬跨出了步伐。黃雀不看小阿三，蹲著腳欲向螳螂衝飛過去。

蟬依然吼得極響。而小阿三的彈弓也已撐滿；視線幾乎射穿黃雀。

便在此時，一頭老虎竟施施然走過小阿三面前，嘴角紅豔豔地帶著血腥氣。想是才飽啖過一頓獐子、麋鹿什麼的。

小阿三心頭一驚，全身一顫，兩手一鬆，彈丸激射而出！準頭則是略偏，狠狠打折了一支鳥腳。

黃雀朝下便栽。那老虎回頭一陣狂嘯，掌擊樹幹！

「碰」的一聲巨響！接著咚、咚、咚三聲，黃雀、螳螂及蟬一一落下。還有掩耳乾號的小阿三。

那老虎一環掃視，說出一番話來真是怪誕莫名：「方才一頭鹿求我別吃牠，說是馱來一隻更為美味的什物在左近。但在虎爺我跟前，豈有選擇生死的餘地？倒是怎地美味則不可不察。這便見了你們這齣好戲。唔！你這兩條腿的傢伙也別只管怕，我虎爺既稱『山君』，自有山君子的風範。這半晌我已飽足，暫不動你就是。只是爾等幾個須得好好回答我的問話，不得搪塞。」

黃雀不服道：「是人當然怕你。那螳螂與蟬既淪落至此，自也是受不得你一掌。而我雖折了一足，你又如何能治我？只怕你口氣也是太大！」

老虎嘿嘿冷笑說：「兀那小子！把彈弓給咱張著。黃雀再膽敢逆我，一彈打殺了便是！不然我撕得你不成人形。」

小阿三只得照做，一心籌算不出個善策。

老虎先問蟬說：「你這笨蟬忒也不知死活！那兒不好窩？螳螂身邊也敢隨便偎近！偏又直叫知了，你是知了啥啦？」

蟬說：「說我笨？那你也就不怎麼聰明。我豈不知螳螂在側？都為螳螂平日殘我族類太是可恨。方今恰有黃雀在後，我又何不自以身為餌，誘出螳螂，使黃雀擊殺之。即令我犧身捐軀，也已算是為我族類輸忱造福。一來略報讎仇，二者殞命此一暴蟲者將及我而終。如此烈行，何不自當？」

虎又向螳螂：「蟬義烈芬芳，別有衷曲。而你分明瞧見黃雀，何以仍然泯不畏死，不稍旋踵？看來傻的還是你。」

螳螂傲然說道：「看來你定是不若我聰明的了！你所食肉，大概不外為求一飽，我螳螂則高尚許多。可知蟲害過多會造成何許惡果麼？首先草被吃盡，而後草食動物大減，你的食料也就愈少。最後世上將一片荒蕪，難以生生。你學問不到，本來見不到此，我也不來怪你……。我自踐天命，不過盡其天職而已。雖有黃雀一旁『虎視』，死則死矣！終不成怠忽職守，總須不愧為天地間一螳螂。」

虎轉又問黃雀：「螳螂謹守天命，也有緣由。然你只見螳螂，何不捕蟬？知有彈丸，卻疏迴避。我想再沒有比你更迷糊的了！你有何說詞？」

黃雀輕蔑地回道：「你好一團肥頭大腦！卻也看不穿我的深意，這才真乃糊塗透頂。所謂『夏蟲不可語冰』，萬物相生相剋的道理，想來說了你也不能領略多少，我看粗淺帶過就算了吧！比如螳螂這種濫干天和的悖行，就是一種半知不解的邪見。蟲虫固然危害草生，但草根之性又豈不強過六腳之屬？『坐井觀天』，真是可嘆之至！再者，蟲害草生最烈者，首推蝗災。此時堂堂螳螂又將如何？是『螳臂當車』，還是『螂臂不堪』？未免可笑之至！更甚者，螳螂嗜者，蜜蜂蝴蝶，皆是花木賴以繁盛之機。苟如螳螂所言，為免草盡荒蕪而踐天命，這下卻又反其道而行了！所謂『文非飾過』，莫此為甚。簡直可恨之至！我為天下除此罪孽，我中彈丸捐此微軀；泰山鴻毛，孰重孰輕？可惜猶有『鳥為食亡』之譏，總之，義之所至，區區名器，也就何足道哉了！」

虎末了轉頭向小阿三說道：「黃雀大義凜然，不得不然。你彈打黃雀不知又有何天大道理？」

但小阿三這會兒猶然嚇得說不出話來。

虎便催請小阿三說：「萬物當中，以人為靈。我實知人之所行，必有其端。如有我們一干尚可領會的道理，則是願樂欲聞。」

小阿三口唇幾度開合，不知如何演說才能混過這要命的辰光。嗚嗚阿阿一陣亂響，誰也不知他說的什麼。這一來，虎便只得豎起耳尖，皺著眉頭，表情不由得更為虔誠……。

那知就在這當兒，不遠處竟然人聲鼎沸，叫的盡是：

「阿三嗳！小……阿……三……嗳！」

小阿三聽到了阿爹和老叔的聲音自遠至近，心情也是越來越定。忙說：「你們還不快走！他們手上有各式長銃、短銃，還有虎叉、弓箭和獵刀呢！」

蟬與螳螂是老早不見，黃雀也及時遠走高飛。

只有虎爺，聽了小阿三的話，側頭想了想，緩緩邁入密林的深處。

旅簡

內外之間

在石獅的這條路上，一邊是熱鬧的商業區，另一邊鐵柵內（或許是外），是一個散種著草木，有長條座椅的空場。

「這算是公園嗎？」傻問題。

「也算是罷！」奇怪的回答。

我們走進店裏，磨蹭了許久，人有點多，我還是到外面抽根煙，等待下一個行程吧。

鐵柵前，幾個小販擺開一長條低矮的鐵籠子，是賣乳犬的。小小的狗兒四五隻堆疊一個籠子，倒不嫌擠；縱然也是緊挨彼此，難以動彈，但在母犬的腹下鑽動，也就是如此罷。

時間約近正午許，一排矗立的商店、大樓，擠店逛街的人們也不少。樓房遮不了太多陽光，鐵柵隔出的公園人雖不挀擠，卻也到處都有。就在烈陽下，幾個長條石椅都不空置，也有衣著光鮮的女子，也有閒人，反倒沒見流浪漢。

我抽完了煙，想進店裏吹吹冷氣，轉身看見牢籠裏的幼犬才剛發毛，短短的毛色還透出皮肉的嫩紅。一隻小狗在小販的戒護下，被放出來小便，皺皺的臉，看不出一點表情。

我站在鐵柵旁，那是蔭影的內緣盡處，陽光之外。

我忽然想要奮力往上一跳，，最後還是等待她們步出店門。

我厭倦數據確定的人生

那天，我獨自從青陽搭小巴士到石獅，事前默想了整個行程，想不出會有什麼意外狀況。不過，我還是謹慎地帶著這裡跟那裡的店址及連絡電話，雖然我還不知道這兒的公用電話是怎麼使用。（或許都一樣，我想太多了？）

一路到了石獅，果真也沒出現什麼狀況。猜踩著依稀的途徑，倒沒寃走了什麼路；雖然我來找人的，並沒碰上心目中的人。忙吧！誰像我一樣閑呢？這即是說，我到達了目的地，卻沒達到目的。

石獅的街頭我也不熟，為了怕迷路——這真是一個懶散的好藉口，我也不多逛，只在書店裡徘徊了一陣，買了幾本書。沒人可以交談，和寫書的人聊聊也好。

蒙田（Montaigne）隨筆集，三冊，七十一塊；布萊克（Blake）詩集，一冊，十六塊；共計八十七塊，好像還不貴吧？我也不知道。這「八十七塊」的貴賤可以算是一個命題嗎？

每個人的眼中、心中各有一把尺，就是這兩把尺的刻度也不盡然相同；都會有不同評價吧。我們眼中疼惜的，內心未必在意；我們看著認為不過浮煙散去的，又未必不漆著於心淵深處。我的錢並不多，「八十七塊」在我來說，不是一個不必計算的數目；但我既然一向不精於計算，則又怎能知道，到底是被貴了去，還是真佔了便宜呢？

這樣胡想著，我看到了小巴士的車站。走近一個到泉州的班次，問明是先到達青陽的，便坐上了車。

這次我可熟手了，一路上掌車的儘忙著多拉些乘客，過了石獅收費站，開始收車錢，我早捏著三塊錢紙鈔等著了。不過不對，這次是三塊半，真奇怪！

唉，隨便吧，弄不懂的事兒，太多了。這事卻並不太重要，除非我身上只有三塊錢——再不多五角錢……。

下車的地方也不同，是青陽，但不是我認得的那個地區。一個計費摩托車騎士過來兜生意，我要到的地點，他要價五塊錢。我說，從石獅到青陽才花我三塊半哪！怎麼市區內兜兜就要五塊？他說，不貴不貴，不亂開價的。

說實在話，我一個不識途的，跟一個熟路頭的爭論路程、價碼，心裡總隱隱覺得理虧，便一壁埋怨太貴（我怎麼又知道太貴了？），一壁半推半就的上路了。

那騎士倒和氣，沒什麼生意氣息。他回頭喊說：「你高呀！」濺了幾星唾沫在我臉上。「有兩米唄?!」

「兩米？哪兒能啊？不過是一米八吧。」

「有咧！我看你有兩米高。」

「沒呀，就一米八嘛。」

「那至少有一米九，我才一米七呢。」

就這麼幾句話的工夫，我們已經到地頭了，看看也不到十分鐘路程。我高高興興掏出五塊錢鈔票給他，並且覺得這不是一筆交易，而是一種善意的路途。

在交易的價格上，他有一把不容還價的尺，那不只是他個人的，那關乎他的生計與家人。對於我的身高，我們有了一場小小的爭辯，那並不與什麼相干，純粹是一種尺度上的討論；這裡他有他的堅持與彈性，像個朋友；像一個堅持你有兩米高，但為了尊重身高長在你身上，可以放寬到一米九的朋友。

於是，我實際上是一米八的高度有什麼重要呢？

便是戴上眼鏡也看不清

坐在安海通往晉江的小巴士上。在這片廣大非常的土地裏，車子的移動相當急促；也許它的速度在當今的科技氛圍中，並沒什麼了不起，不過一路上已經略有障礙賽車的氣味了。

路況是打橫直裏搶先露頭的多，所以最發達的是交響的喇叭聲，每部車子都是理直兼且氣壯的辯論能手，那種十分嗆辣的罵勁兒，配合從容自得的急踩煞車動作……司機剛抽完一支煙，我想煙葉子是燥了點，他並不趁這個稍長的、足夠騰出單手的、竟然透出一絲無聊的間隙中，扳開儀表板上的煙盒。

我說：「地界太廣，慢慢蹭，哪兒也到不了。是唄？」

回答是：「開快些，再搶發一班車。」

乘客表情都還寧靜，雖然身體都很動盪。

滿座了，一個頭頂草帽的小伙子上得車來，背著前去的路，歪坐在引擎蓋上，正好在我落坐的側椅面前。中間隔著一些行李、什物，我們的距離，非常「觀察」。

他並不摘下草帽，那是一個黧黑長臉、輪廓清楚的小伙子，沉靜的姿態裏，眼神仍然閃動著年輕人特有的不安與羞澀。他的身量小而輕捷，臉形雖長，卻不削瘦，鼻子挺而隆長，嘴唇稜角分明，有點兒肉聳，並不難看，像飽溢感情似的。

他的碇藍上衣及褐色長褲都灰樸樸的，不像是什麼積垢，只就是灰樸樸的。他側背一口很大的，與他身板體積相當的，飽脹的藍黑色舊皮袋；那邊稜兒磨損得像白框，袋面上還漆寫著幾個英文字母，我猜原本是駱黃色加白邊，不過一來顏色老褪了，二來被雜物遮掩了，我看不清，也不知道究竟寫些什麼。

似乎是從山裏來的吧，我這樣想著。

從山裏下來做什麼呢？這便無從猜想了，反正總有些目的，或者，像很多時候的我，毫無目的。

也許他不是山區的人吧？我看著他的膚色，固然很是黑褐，卻又不沉。衣褲雖則風塵，倒又不是破舊，鞋子完好的程度也不似蹂躪。那麼，他到山裏做什麼呢？

其實最醒目的，是他雙手搭立在腿間的扁闊木板匣子；從他一草帽頂上車子坐定後，就吸住我的目光。一個木匣，落持在某個身分、某種狀況下，通常就具備了某種特定的用途；木匣的個性遠比易於攜帶、不善拒絕的皮囊、布袋鮮明許多。換言之，一個木匣所裹護的物件，必然也有其自身特出的性格。

如是，這也是我在一車子人們中，獨獨注目這小伙子的原因了。

車子停下來，下了幾個人，空間寬鬆了不少。他轉直了身，我看見他的左邊上衣口袋緊塞著兩個長扁的膠盒，那大小正若炭筆、鉛筆的長度。這時不顯擠，我才帶著鬆散的態度、不多不少的把握，跟她說：「是畫畫兒的吧？」

她看了他一眼，說：「賣眼鏡的。」

離合之間

撥通電話劃好回程機位，我便離開。收淨了房間，什物擺置整齊，壓著一張僅寫著「謝謝招待」四字的紙條，走向另一個陌生，準備回到我所熟悉的地方。

旅程不見得會充滿意外，卻絕不能冀望完全的平順。石獅、青陽、泉州這一線，乃至安海舊街道，或永寧小鎮，過往的廟宇、海灘、雜亂的街道、家鄉的青石屋，我不會在這一刻想起，那是屬於以後的部分。

她在我起飛的兩天前找到我，看過了青石屋，踱著晚步到了妳兒時的海邊，他們都不多看，以為只是一對情侶，只有情侶才會傻到在這漆黑無月的夜晚出來吹風吧。連海潮都是黑的，碎浪捲邊吐著白沫，妳也不說話，我望前看，向前指，說：「你能看得到我嗎？」

既然前方都是陌生，姑娘，妳的掩面哭泣也只是徒然，而我只能把住妳的肩，在入口處。就在高崎機場，我們散步得像在晚飯後家門外的白楊道上……。

老楊無狗

說起老楊這個人，是極愛狗的。

不論在街上走著，等紅綠燈，或者在攤子等麵吃；只要不必留心交通狀況，他老兄也不管你是不是正在跟他說話，或他正在回答你的問題；兩隻眼睛總要先就周遭巡禮一番。每當你偶爾獲得他的青睞之時，便可以確知附近並無帶狗的雅人，甚至一隻毫不起眼的流浪狗也是絕對沒有的。

不論什麼場合，一逮到機會，他就要逗弄狗兒。看起來不癲到發膿的狗，他就想盡辦法要跟牠玩玩。就算是訪友，他仍是多親近狗兒少理人。

有時候我喜歡觀察來來往往的行人，卻從未見過一個像老楊一般，看狗看得如此專注的人。我常笑他好似一個禁慾已久的囚犯，忽然來到花花世界，捨不得眨眼地盯著滿街的美女不放。

在老楊的眼裏，大概沒有一隻狗的長相是不可愛的，當然也包含癩皮狗。

他的口頭禪是：「唉！要是好好照顧的話，這條狗誰說比名種狗遜色？」

老楊的女友小紀也是狗迷，每當他們吵架吵得我頭疼時，儘管和他們聊狗好了，真是萬試萬靈。假使他們結了婚後還這樣吵的話，我想，對他們來說，婚姻專家也是連狗都不如的。有一回，我在車站遇到他倆，這窮得一天只敢吃一餐的老楊，居然夥著窮學生小紀，買了一只價格相當他一餐（天）飯的雞腿，正剁著餵一隻癩皮狗呢！我不懷好意的說：「這雞腿可真香嫩啊！」老楊就指著那癩狗說：「你問牠吧。」

我問老楊，既是如此愛狗，為什麼一條狗也不養呢？我倒知道他窮雖窮，養一條小狗總還勉強可以的，何況小紀也已收養了一頭流浪狗。誰知這位弟兄竟列舉出整整十八條道（歪）理，說明他是如何的不適於養狗。我想這不啻紹繼了「羅織學」的一貫道統。且還說，對動物並無偏見，許多動物他也喜歡的，但總不能憑著喜歡就魯莽從事；好像生小孩，務須得先能籌劃妥當云云。我也說不過他，好在我並不是一條等著認養的流浪狗，又何須與他申辯得這許多？

不過，說說是一回事，到頭來常常又是另一回事。儘管人的腦袋非常清明冷靜，然而真正的主宰往往是燃燒的心。貪財者恆敗於貪財，驕矜者每辱於驕矜。老楊也終有被狗套牢的一天。

事情是這樣的：

一天晚上，老楊騎著機車送他心愛的小紀回家，一路上不免又聊著這狗如此這般，那狗這般如此……此相當於別的情侶的甜言蜜語、喁喁情話，這且不提。到得小紀家門口，有那麼三、四隻，一小群的野狗在路上結幫打混，小紀隨手指著一隻醒目的大狗，隨口說：「這狗兒挺不錯。」老楊也隨手拍拍那狗頭，目送小紀進家門。一切都是那麼順手，那麼隨興，但當老楊迴車要上路時，那狗卻擋住他的車頭不讓走。老楊可不是啥道得出萬兒的好漢，自也沒有「誰敢擋咱馬頭?!」的氣概。他稍稍看破了那狗的用意，不過既不忍逐趕，又怕成了不了之局，索性一撇輪，反如喪家之犬逃之夭夭。

如果說老楊逃得像躲債的，那狗追得也真像討債的。總之，老楊不是飆車族，這一場追亡逐北的街頭巷戰，算是澈底潰敗。老楊想著，一時失利也是兵家常事，待到大馬路上，不但佔盡地利，抑且仗著「船堅砲利」，至不濟總還可以自保的。

怎麼也想不到那狗就「三諫不聽，號泣隨之」，老楊橫過馬路，牠也橫過馬路；老楊走快車道，牠也走快車道。而且絕不看路看車，只偏著頭直望老楊。「這不是蕭何月下追韓信嗎？」對於我的挖苦，老楊的回答是冷冷的一句：「感君漂母意，媿我非韓才。」

當時老楊一看不是勢頭，怕那狗生了什麼危險，也不敢一走了之。只得停在路邊，與那狗軟語商量，依舊提出他的十八條款，對那狗曉以大義。但那狗究竟不像我這樣容易打發，後來老楊評論那狗，說是「不可理喻」。

深夜之中，一個人在路邊對著一隻野狗哀哀求告，實在匪夷所思。

那狗也不大理會老楊足以興邦滅國的精彩辭令，逕自鑽進機車踏板上，好似清兵入關，大刺刺地進駐紫禁城裏一般的心安理得。老楊苦著臉揉牠下去，一個回馬槍牠又上來，幾次的推擠、折衝、拉鋸，終歸無效。那狗是用事實戰勝雄辯了！

於是老楊無奈的啟程回家，還想著這狗耐不住顛頗，自會下去。每一個紅燈，老楊都規矩的停車，並繼續游說那狗。那狗倒神氣，不單坐得四平八穩，耳邊也吹過很多風。

然後，香檀驅蟲、蘭湯沐浴、診脈針砭、理鬢清渠，總之望聞問切，無微不至。果然老楊認命的「狗奴」了起來，於此，小紀下了一個斷然的結論：「這狗會看相！」

悠悠哉哉，輕輕巧巧過了半年。那日，老楊與小紀帶著那狗到公園耍子去，那狗慣常的行逕必要四處亂跑的，撒過一陣歡，便要回來確認老楊、小紀是否猶在原處等牠。然後，就要放心的到處瘋魔去，末了，要勞老楊、小紀找牠回來的。那時，老楊與小紀又為著這是雞毛還是蒜皮之類的小事，吵個沒了。許久，也將要傍晚了，才驚覺那狗不知那兒去了。

老楊這下急了，找來找去找不到，和小紀找得半夜穿著雨衣也還在找。不過那裏有狗不躲避暴風雨，還在公園裏瞎混的？

老楊說那狗：「真討厭！趕也趕不走，找又找不回來。」

這事對老楊，似乎瞧不出啥了不得的影響，只不過多了一個逛公園的興趣與習慣罷了。但他的作風總是異於旁人，他把一條狗鍊折成一團，握在手裏逛公園。

某日，我遍找老楊不到，後來找著了，得知他又去公園散步，忍不住便說：「你真像一個被狗遺棄的流浪人！」

他說：「我每次在街上看到悽惶無主的狗兒，斷腿的，飢餓的，眼神有恨意的狗兒，都想好好收養牠們，不過沒有一次真正作去。說來被我拋棄的狗兒滿街皆是，我只被遺棄一次，不是還佔了便宜嗎？」

老楊這人有些詭異，他認為狗是他的朋友，且他也只是狗的朋友；他是很厭惡主人、寵物這一套的。他說，人只付出一些精神和愛心，狗卻毫無保留的全心回報，狗到底是呆子還是聖人？有時候作為人的也要多想想，自己值不值得承受動物這樣的寵愛。老楊說，動物給人的關愛，他分辨不出這是友情還是親情。

被遺棄的老楊雖然傷感，對於沒了狗伴的自由生活也漸漸又習慣了回來，但看他屋裡擺置整齊的種種「狗具」，我深覺這個紅塵中的俗物「狗緣未了」，必不至就此披上「紅色猩猩氈」離去，把故事給結束了。

於是過了半年，事件又有一折：

話說當時，臺北縣的土城，有那麼一條筆直寬廣的大馬路，那貨車轎卡來回衝刺，好不「臺灣經濟奇蹟」！路旁有三隻小犬（可不是在下的）打幫撒歡。事情，就這麼來了。

老楊說：「這可離譜！連牠們住的紙箱都讓偷走？誰要那勞什子作啥？那可得快，狗兒不懂事，別慢一步教車子碾死，那就除了往生咒，我再也沒多大咒語好唸嘍。不過得先說，兩條我認了，再一條得另給找主。」

然而小紀實在不算是個聽話的胚，硬是把三條小狗給整好隊伍全員到齊：「要不然，剩下一條，你說怎麼辦？」怎麼辦？老楊你倒把頭給咱撓破看看！

老楊是個「貧有立錐」的窮漢，三房一廳的小小公寓，從此廚房傖隔板，各房間厲行「鎖國政策」；西起臨洮，東到遼東，四千八百餘里長城於焉築成。那依照比例可說是「神州大陸」的孤寒小廳堂，這一下被三個「毛族」一舉攻陷。也甭小看這三隻舉起竹帚便四下流竄的料，老楊在每日一地的破爛洗禮中，逐漸戒除隨手置物的壞習慣，在閉關自守的房間內猶可，「大」廳則只好是堅壁清野的哀哉沮洳場。

這三條獸類，照顧起來自然是花巧多端、爭奇鬥豔；這幅「刑樂圖」，我看是明成化窯鬥彩瓷的最佳題材。單提一「病」好了，這個是把老楊整得慘兮兮的代表作之一。

首先是耳疥蟲病，被寵的容或不清楚，養過寵物的該都曉得，此是傳染率極高的疾病。算它是趕流行也可，所以連續來個兩輪，老楊倒還能覺得是命中之常，無可厚非。

在疾病充分達成集體共識後，當然依照個體「成分」的紅黑五類不同，亦各自有一番精湛的演出，「這無非是才性相異，氣性殊出。」老楊檢討說。

第一是毛絨絨的「毛球」有疝氣，待議。第二是烏毛的「黑甜兒」耳充血，兩個耳片腫得像兩個「耳球」。

老楊幾經打聽，選定了永和的一家設備良好的獸醫院，抱著黑甜兒搭計程車前往就醫。狗醫生（是敬語！）一看黑甜，像狗兒搔癢一般，頭急搖得與牠的病情一般恰如其份。

「開刀！」還有二話嗎？

陰雨的傍晚，老楊到醫院接他的「愛犬」（至今老楊說到這兩個字，還是習慣咬牙吐出），狗醫怕狗兒不懂病家的「倫常」，會「拿耗子般地」撓耳朵，破壞他美麗的「顧繡」（狗醫姓顧？），便在牠脖子圍個白色塑膠圈套，圈套往前伸出圍住整顆狗頭，像個擴音器，頗合「狗體工學」。

老楊這個一點也不妖嬌的大漢，撐著傘，抱著一隻「顯然不是名種」又圈個白套子的怪狗，這……這這……我不會形容。

讓放空的計程車來形容罷！也不知過了幾部空車，天已經完全暗了，等老楊回到家，這些梠腹從公（據說是看家，偷兒來了也許陪他聊天，頗不寂寞）的狗兒，才吃宵夜。

萎靡的黑甜一見到親兄弟，「明算帳」的精神便來了（此處修辭學稱「擬人法」），「汪」的爆出一響「張飛吼」！嘿嘿，牠兄弟固是一楞，這兇狗卻也把自己給嚇傻了，原來那圈套擴音效果挺不錯。看來那塑膠脖圍的功能不太少，附贈「精神鎮壓」功能，這是弄得人杯弓蛇影的「白色恐怖」啦！錯不了。

泡沫化的耳疥蟲危機算是過去了，接著老楊疑心自己看太多電視，現在流行什麼？該不是每十二分鐘便連續出現三次的不同瘦身廣告制約了這群狗吧？怎麼老吃不胖？

有一日，老楊在唱片行門口的站牌等公車，還在想著這個困擾多日、揮之不去的問題。終於，這個一天只敢吃一餐的窮老楊被昂貴而急速瘦身的狗食袋（和他的口袋）逼急了，「他在街頭佇立，心中已經有了決定，我想那小雨一定能把他打醒……。」

狗醫生說：「抽血檢驗！」還能有二話嗎？

「表飛鳴沒用啦，那是人吃的整腸藥，要用我開的粉劑才有用啦。『修合雖無人見，存心自有天知』，安啦！……呃……什麼散？我也不知……嗯，你就當是『小狗驚風散』好了。放心啦！這個世上誰又知道自己吞了什麼、吐出什麼？」

嗯，信他好了，這可是留洋的博士哪！名片上印著ＰＨＤ。

藥是有效，不過彈指即過數瓶，眼藥般的深色小罐兒，一瓶好幾百塊哪！老楊每挖起一小藥匙的粉劑，總是口中唸唸有詞：「這抵我幾餐飯啊……這抵我幾餐飯啊……。」

還好，短毛「光棍」的憂鬱症並不算太嚴重，雖然智能明顯不足，也還勉強聊勝於無啦。「毛球」的疝氣狗醫生說可以「交保候傳」，或者，算是「緩刑」吧！反正暫時不必跟手術台「到案」。而「黑甜」的性別雖是雌雄同體，也不算找麻煩，怪了些而已，老楊自小聽慣了這類批評，也不以為意。

半年中，三條歪狗漸漸日有起色，肥壯了起來。不過老楊有點自知之明，當初並未將牠們起名「來福」「來喜」什麼的，靜靜地就迎接意料之中的家變到來。

僅有的小公寓賣了，老楊雖不至於從此落拓天涯，但寄人籬下的境遇是絕不可免了。分手的時刻到了，老楊花了些心思幫這三個「同是天涯淪落『？』」找了一家愛狗的鄉下人，期望牠們能「普羅旺斯」去。

老楊無言，用慣常切脈的手法與這尚未天暖時節締交的「歲寒三友」一一握別，人家說他像嫁女兒似的。

他自己倒不覺得。

我想我不說太多了，畢竟「老楊失狗」無關民生大計，也非關國家體制，不算啥值得討論協商的議題。

但則我有一事忿忿不平，實在不吐不快。老楊這人嘴巴儘能扯，全是怪論，他往往用狗來譬方人事，然後加上一番註解：「這樣說沒錯，不是我看不起人，我只是沒看不起狗而已。」如果你還有意見，他就說：「沒錯！狗不也會吠嗎？有什麼兩樣？」

諸君，他把我們看得跟狗沒有兩樣，你說氣不氣人？這不是狗眼看人低嗎？

燃燒夜

——燃燒的夜——

「人生」？真不知道那傻牧師怎麼會問起這樣的蠢問題！

如果那種傻傻呆呆的日子一天天過下去才叫人生，那就免了吧。其實，上教堂也並非真的全然無趣，至少聖詩合唱還讓人聽得有點兒爽。

雖然很蠢，但我想加上強烈的tempo，應該也能大賣流行一陣子吧。Duke-can這傢伙老愛笑我到教堂出賣靈魂，向老爸老媽騙取微薄的「救濟金」。這那有辦法？說不定老子我還真有所謂的「人生」哪！Duke-can這個自封「藥劑師」的走方郎中幹的這點兒買賣，我看我也還是不必了吧。

不過，話說回來，這倒不可否認是個大好的生意。看看舞池裏邊飄飄浮浮的男男女女——說真的，我常常看不見他們的臉，只有不斷閃動的一架架肢體，黑糊糊的面容撐著一頂頂金色的、黑色的，甚至是藍色的、綠色的、紫色的頭髮。有時，我彷彿以為這是地球之外的太空站，聚集著種種異星球的「異形」；這樣想，也許我們也不算怪異；但，怎麼知道這群「見怪不怪」的同伴們，不是人類當中也許最傻氣但最誠實的典型呢？你以為我們自己不知道騙不了人嗎？

還有，在座位上端著一副大家都明白怎麼回事的冷酷的「慾求不滿者」，當然也包括我，誰端得俏，誰就可能是今晚的贏家。

然而，你得知道，假如你不是藥——像Duke-can這樣冷靜、狠勁的魔鬼。那麼，你很可能就需要藥。老實說，我們並不覺得諸如利用藥物等等的手段贏得的勝利，征服的土地（恕我粗俗，說穿了，大半也只是「租地」）是件可恥的事。我們蔑視「正當性」，因為它太荒謬，被一群庸俗的「布爾喬亞」（Bourgeois）所把持；我們大半的父母都是，他們掌握了我們的經濟，而這種能力，卻從和施壓於我們的社會的妥協而來。也許我們不是不願安安份份地也當個「太平布爾喬亞」，不過得先須像個勇者一般，一次次克服緊湊而來的大小挫折，甚至是性格上的摧折；或是認命地及早宣判自己十年、二十年的勞役，到了服刑期滿，或者可以晉級「外役監獄」當個高等囚犯，甚或是升格為獄卒（像我們的父母）。我們並不都是勇者，卻註定是個罪人——夠荒謬吧？是多數欺壓少數，還是少數毒害全體；到頭來，劑量最重的，才是主人。藥常

「藥」與「民主政治」一樣荒謬，只要劑量重一點就有一定的效果，不管是我們征服生活的「宣傳術」，只須花費一點點的代價，不足為奇。

Duke-can卻是勇者，夠得上肆無忌憚。要是他忽然跟我說，他是個殺人狂，雖然我的確知道不是，但我也相信；我說過，他是藥。如果你說，這才不是「勇」的真義，我也可以同意，但我會覺得你有些無聊。這只是一種表達罷了，如同我們常常樂此不疲地尋伺不同的對象「釋放出人類的原蟲」一般，很多的時候，洩出的並不是，或並不只是性慾。而藥物，雖然是一種侵略性的武器，大多數的人被無條件迷醉，也有一部分的人產生生理極度適應不良的病症；但有時卻是解開規範枷鎖的最好藉口，一把鑰匙。

Duke-can回到座位來，閑閑地看了我一眼。

「怎麼?今晚儘坐冷板凳呀？」

「你自己瞧瞧吧。前幾天颱風過境，市場蕭條，今兒個只剩一些畸零貨色。」

「是呀！死條子吃飽飯沒事幹，抓鎗擊要犯沒膽子，掃賭場怕見了同事尷尬，抄色情酒店又怕傷了相好的感情。沒奈何，乾脆來這裏找找自己的女兒回家管教管教罷。」

「說得好！唔，今晚你倒是早早就開炮，場子還沒熱哪。你和那妞兒到廁所一個多鐘頭了，怎麼不見她回來？」

「嘿嘿！」

Duke-can一口仰乾了半杯啤酒，只是嘿嘿冷笑。我猜他又有了驚人之舉，認識他一年多了，卻還是摸不準他的舉動。

「到底怎麼回事，那妞兒……對了，她叫什麼名字？」

「叫……嘿嘿，一點也不重要，不是嗎？和她同名的，不是也太多了嗎？」

「你把她打發走了？」

「嗯，我把她賣了。」

見鬼！人有那麼好賣？我也來賣賣看。「見鬼！人有那麼好賣？究竟怎麼回事？」

Duke-can用緩慢而多餘的姿態點煙、倒酒，其實正在巡逡新到來的男男女女，我也正這麼做。時間差不多了，整家舞廳達到了一種飽和與低速率的代謝狀態。

一個小有名氣的band，半滿足半饑渴而半誇張地嘶吼著一些小有名氣的歌曲。很有些字句簡明的英文俗調，或堪稱lyrics的，都被這群質樸的人們還原成僅止於震盪耳膜與心跳的單純頻率。對了！有時候我不免要說，這極可能就是我們的目的！

兩個熟人出現了。那兩個女孩是我與Duke-can踩遍這個都市大部分舞廳的旅程中，常常遇到的「同志」。當然她們不是「同志」——呃，至少我這麼認為。私底下，我們以「大美」、「小美」當她們的代稱。她們像我們一樣，是屬於被搭訕，或被製造機會的「紅牌」。我們從未交談過，只能勉強算是點頭之交，各自處在自己的場域，從未交集。

「不會吧！連名字都說不出口，他是不是發燒？」不知道是我還是Duke-can勾引來的三個女孩子正在笑鬧。

Duke-can閑閑地看著那女孩低敞的胸口說：「說得沒錯。他叫Beverly。Beverly Hell。正在慾火焚身，妳想不想救救他？」居然是一付正經的眼神。

「是呀，是呀。我杯裏的冰塊溶得特別快，看到了沒？」我用眼神向Duke-can示意，看了一眼大美、小美。Duke-can微微頷首，直起他185公分的身材，對三個女孩說：「別忙著救他，我去弄點兒冰塊先來鎮壓鎮壓。或許妳們也有些需要呢！」

「我看是你最需要吧？」裸著全背的女孩興奮地說。

「妳倒觀察得仔細！這叫『慧眼識英雄』。回頭讓妳好好細看。」Duke-can在笑聲中走向櫃臺，留下我們的笑鬧。

像大美、小美這樣素不相識的「老相識」其實還頗有一些。原來我也並不特別注意，可能因為「道相同」所以「不相為謀」吧。Duke-can卻對大美、小美很在意。後來竟然養成一種習慣性的默契，只要見了大美、小美來，Duke-can就要waiter送六瓶鐵罐裝Coke過去，而大美、小美也總只是對Duke-can和我點了點頭而已。

「你注意到了沒有？大美、小美每次來，一定只點Coke，絕不喝別的飲料，從不讓眼前的杯子離開視線。上完廁所回來，一定拿了新的杯子，開新的一罐。」某次他這麼跟我說。

「幹啥？苦無機會下藥呀？這還難不倒你吧？」

「算了！我賣藥，但從不下藥，你不是不知道。我只是覺得她們不像混舞廳的，雖然也等著男生搭訕，但從不和男生一起離開。」

「端什麼架子？說不定早被下過藥了。美是蠻美的，要裝處女為什麼不去選『校園美少女』，偏要釘在這裏當個釘子？」

「嘿！你不是不懂，就是在裝佯。不和你說了。」

從那次以後，我們不再談論這件事。我把他送Coke這檔事當成一種例行的「宗教儀式」，他也笑著承認。

一會兒，Duke-can回座，我們和大美、小美四人遙遙點頭為禮，又完成了一次「參拜」，一般的「至老死不相往來」。

眼前的三個女孩子，一個領口極低，露著乳溝，一個裸放全背，不著胸罩，另一個則裙擺短至大腿根。雖然也頗有些姿色，談吐並不吸引人。我說她們是「肉質主義」，她們便回敬我們是「油脂主義」。我和Duke-can頭髮都抹油。

這裏並不適合講話，當然，「言語」在這個世界裏只能算是脆弱的連結，是一種較無效的表達。

我們在舞池裏撥弄自己的肢體，有時也撥弄別人的。聞嗅著蒸散的體味，比語言更強烈的表達。

三個女孩子的談吐不行，「舉止」卻是誘人。她們的舞姿都很俐落，律動流暢。將她們裸露的，或是包藏的肉體的質感提昇到近乎完美的境界。我懷疑這已經超出了上帝創造肉體的預謀，不然就是「肉體殿堂」所能達到的「神聖」。

我扶著裸背女郎的腰，踩著快速的節奏，她的汗珠鑲嵌在額角，晶瑩得有些刺眼，連髮梢都甩出絲絲的熱力，鞭打著；我的頭髮散在前額，我想我的臉孔一定黑糊糊的。Duke-can和另外兩個女孩卻狂笑地儘做一些愚蠢可笑的動作，跳著自創的滑稽舞，肢體有意地在無意中接觸。

唉，又是一個順利的夜晚。只等我們問出一句話：「待會兒有什麼節目？」——或者由她們提問。這個下半夜將如何度過，大概都可以知道了。所差的，只是細節而已。

而細節是無關緊要的，我想這是人們以為我們「可悲」之處。這是真的嗎？多少人的日子是真正有所謂「細節」的？或者真正關心「細節」卻不被認為是變態者？

這的確是我所想要的一個夜晚。

偶然看了Duke-can一眼，一樣帥氣地笑得一臉狂態；但是不對。我發覺他的眼神正與表情脫離，我順著他的眼神極其細微飄忽的方向探去，大美與小美木然地坐著，不像平常，帶著星子般柔和而高傲的神情與人談笑，或閒適地看著地上仰望的子民。她們今晚簡直有點兒森冷，和周遭的餘溫顯得格格不入。

我管不了那麼多，反正我們和大美、小美是不同世界的人，或者說，分屬於不同的星系。我們都是恆星，都是太陽，各有自己統屬的星群，或是流進自己場域的流星、隕石等等。我不必為整個大宇宙擔憂太多。

我只要自己的夜晚。

Duke-can這會兒卻想要破壞這個夜晚。

露乳溝的女孩坐在Duke-can旁邊，直起約8、9公分長的食指，仰著脖子，慢慢地由下往上刮去胸口到下巴的汗水，滴到煙灰缸裏，澆熄Duke-can才點燃的香煙，吃吃地笑。

Duke-can沒理他，卻對我說：「Beverly，你知道嗎？我不是把她賣了，而是把她給租出去。」

我皺起眉頭，不願聽他的瘋言瘋語。「這會兒說這些做什麼？我不愛聽。」

三個女孩瞪著眼看著我們，Duke-can還是沒理她們，點起了一根女孩們帶來的涼煙，自顧地說：「剛才在廁所，那妞兒騎在我身上，你試過沒有？廁所裏狹窄，那真是很不好動。我就讓她站起來，從後面進入。嘿嘿……後來進來了兩個小毛頭，一聽他們講話就知道嫩得很。我一時興起，舉起腳來，望後一勾，把門給踹開啦！」

女孩們的表情有些尷尬，又像是等著下文的樣子。

「好啦！別胡說八道了。談點別的好嗎？」據我對Duke-can的了解，我知道這下是完了，絕對是澈底的玩完了。我無力的語調，只能算是困獸之鬥吧。

「那兩個毛頭小伙子嚇了一跳，四隻眼睛直勾勾地看著我們；我的身體沒有停止動作，卻轉頭對他們微笑。」

「啊！變態！」一個女孩子低呼出來。我有點頭暈，搞不清楚是那位。

「我對他們說：『挺美的，要不要試試？』他們對望了一眼，我又說：『父母親的鈔票不是容易賺的，掏出你們皮匣裏一半的錢就得了。』嘿嘿，雖然我的動作很緩慢，說這一串話可也是會發喘的咧！」

氣氛已經弄得很僵硬，偏偏播放的又是柔靡的soft music，Duke-can的大放厥詞可說是不甚費力。沒人，沒人接口了。

「他們真的掏出了皮匣，遞了兩張鈔票給我。那妞兒還弄不清楚怎麼回事，我們已經推位讓國啦！」

——緩緩燃燒的夜——

什麼地方比較不危險？……傻話，真不知道小雨為什麼問出這種蠢問題。天真的小雨呵！這個都市連大白天都很難說的呀！何況是夜裏？

「什麼地方比較不危險？色狼最多的地方吧！」這幾乎已成了例行的對話了。

「不要吧。今天好悶，不想說話。」看來小雨今天很沒勁兒，我也一樣。

「很好。我也想靜　靜，我們今天來當冰山美人，不要理人算了。」小雨想到海邊兜風，可是我實在覺得危險，情願待在熟悉的地方。

走進這個嘈雜的「聚落」，頓時令我安心不少。這群將「文明」剪裁合身的原始人是很令人放心的，他們並不難對付，你永遠都知道他們要些什麼；你不必真的給他們，只要賞賜他們「希望」這種贗品，也就夠了。他們的慾望單純到將時間儘耗費在這裏，他們的愚蠢，就是保護符，是我安全的保證。

在這裏，這個只需要肢體的場合，你的思緒賭氣躲起來不見你，因為你只能見到一具具掏空的軀殼，（連別人見你也一樣呵！）你的思緒於是被孤立、包圍，你成功的將之鎖在皮相裏，不能外溢。

因此你對你的寂寞，有了一種報復的快感。

和小雨剛坐定，服務員便送來六瓶Coke，那是遇到老朋友了。說是老朋友，其實根本就不相干、不相識。只不過在不同的幾家舞廳經常碰到，彼此看熟了臉譜的兩個男生而已。不知從什麼時候開始，每一相遇（當然只在舞廳），便要送來六罐Coke，這是摸熟了我們的習慣；後來，我們乾脆私底下稱呼他們「可樂兄弟」：「大可樂」、「小可樂」。因為我們不去探問他們的名字，他們也從不過來招呼，似乎是有點兒進化的人種了。

說真的，我並不想認識他們，即使他們看起來真的比較特殊。在這裏，我並不想認識什麼人，也並不認識什麼人。說真的，包括小雨。

這沒什麼奇怪。我和小雨是一起上舞廳的朋友，平常她在做些什麼，我也不太清楚；我想，她也不怎麼關心我的吧。

我和小雨當然也聊天，不外是衣服、鞋子之類的。但我憎恨精緻的服裝，我不知道她或別人到底如何，但我憎恨我所講究的穿著，我能了解「品味」，也能掌握整體的質感，但我懷疑它的價值何在？

我一方面將自己成功地打扮起來（像幾乎所有的女人都有的自信），另一方面又不願承認自己是打扮出來的，「自己」是可以「被打扮」出來的。

例如，我們將眼睛調節至「鏡頭性格」般的「虛構格鈕」，透過鏡頭，我們並不紀錄「真實」，我們取材「真實」來虛構世界，因為鏡頭框外的真正真實永遠被我們臆測。然後，透過鏡頭，我看到了什麼？

有些時候，但是很少的時候，我會看到……比如像「大可樂」這樣顯著的個體。倒不只是因為外觀，那反而佔據較小的成份；只要被「拍攝」的個體夠明顯，則雖然可能是不同的各種型、態，卻都能成為「典型」；因為他的性格也許衝突，但絕不模糊，相對於輪廓線疲振虛軟的大眾，他存在著一種確定的「原型」。

於是我用「鏡頭」將他（諸如他之類）框架起來，那麼，各種不同打扮的「他」，都會是一種「藝術」；「他的形貌」只是這個「原型」的不同襯景，配合主題所刻劃的不同呈現。因此，「他」是不能被打扮出來的。

雖然，他極可能只是一頭野獸，缺乏「社會機制」——真正的缺乏，而非像人們，是扭曲的。這種「社會機制」，不論說它是「道德律」也好，說是榮譽感、存在價值……等等都可以，甚至可能是虛化superego的人格殘障者。

如果這是真的，那麼這隻健康的獸，卻生成人群的一分子，必然特別的明顯，也不能脫離絕對的悲哀。

假設他真的像我所描述這般的話。

小雨則像是我的一面鏡子，不單在外觀上，也在行為上。並不是我們長得相像，而是我們對於「打扮」的觀點相近，在這個場合的行為也相若。從外邊看起來，我們還算是很「相當」的。

可是我們始終只是「伴」，卻沒能成為朋友；這也是我們之間的一個默契。我不曾推敲過她的想法——或許她和我一樣，我不知道。我們並不想涉入，或被涉入彼此的生活，以至於造成彼此的威脅。我們披掛著高超的「現代化」做為盔甲，來到這個純樸的原始部落，並非挾帶著安全的優越感摹倣神的降臨，去征服什麼，去建構什麼。雖然我們在這裏，天生是「神的姿態」，那並不讓我們獲得什麼；慶幸的是，在這裏我們還能失去什麼？說穿了，或許倒只是尋找一個「桃花源」罷了。

而我們是彼此的柺杖，沒有扶老攜幼。我們孤單的來到這裏，唯一得以容不下別人的路，只能是一條懸空的繩索。我和小雨很可能都是走索者，我們是彼此雙手拱捧著的平衡桿，平衡桿不需要生命，否則容易壞事，平衡桿只要木然就是好。

所以我們不常交談，偶爾聊起來，或者和願意保持禮節及警覺的男孩子聊天，也儘挑些「無機」的話題而已。若是碰到硬要展示「心靈刻度」的傻瓜，我們有時也戲劇性的嗟歎一番。有些以貴族自居的「偏偏公子」喜歡耍弄他們的「玩酷」，我們也可能及時客串一段「濁世佳人」——全看心情而定。小雨的反應快，演技也好，隨時可以開始一場戲，也隨時可以結束節目。她說自己是「及時雨」：「送將」——打發走的意思。

或者，我們就像今天一樣沉默，神不降臨了，把自己化為神像，冷漠地自處陰暗。這時，兩個不識相的教徒卻來膜拜，不太虔誠，而且滿口洋文。

「不要臉的假洋鬼子！」我聽到了小雨心裏的咒罵。因為，我看到她露出了詭密的笑容，很燦爛的。

閑扯了一會兒，小雨將寬大的薄外套穿起，拎著背包，拉著我上洗手間。我在洗手臺前照鏡子，細細端詳著那個熟悉的自己，過了近十分鐘，她才出來。

我們買了兩罐Ccke，拿著新杯子，回到了座位，各自打開一瓶汗流浹背的泡沫，斟進滿是乾燥冰塊的杯子中，劈啪作響。小雨跟我要面紙，提起我掛在椅背上的背包放在腿上，將兩手伸進去，誇張的翻檢個不停；我正奇怪這反常的舉止——通常，我們從不觸動對方的東西，何況她的動作很怪，很怪。

一陣掏摸，小雨拿出了一包面紙，伸指一掐，抽出的卻是一張摺疊的筆記紙。把紙攤開來，上面寫著幾行略顯歪斜的英文句子。

「咦！這是什麼？」少來了，小雨一臉無知的看著我。

「我怎麼知道？這不是我的東西。」我還不清楚小雨打算做什麼。

「那怎麼在妳包包裏？」小雨忽然轉過頭去，瞅著那兩個無辜的男生。「是你們，對不對？寫的什麼呀？是怕我看嗎？」

兩個（比小雨還）天真的男孩茫然的應著：「不是我們呀！」小雨裝模作樣的讀著筆記紙，一邊嘟囔：「什麼嘛！看也看不懂。」又抬起頭來說：「你們到底寫些什麼呀？我都看不懂嘜。」我把紙頭拿過來看。

兩個人說：「No, no!不是我們寫的，不知道那個poor little guy不敢對她表白，so……」聳聳肩，攤攤手「Believe me !」又揚揚眉，點點頭。

「哼！不承認就算了。」小雨抽走我手中的紙片，遞給兩個男生。「難得你們英文這麼溜，幫我們講解講解吧？」

兩個落難公子將紙張傳來傳去的看，互相討論起來。

「我看這沒什麼了不起的生字、文法，就是搞不懂其中的含意，應該不難吧？·easy, hm?」小雨捶了他們一粉拳。

他們還是沒有結論。

小雨不客氣的將紙箋一把抓過，攤在我和她中間的桌面上，是這樣寫的：

Fire Light burns for the perfect White Swan.
Life is a great Argus, with one hundred eyes.
Nile, I cannot see it.
Yet am I not more antipathetic to the god, the Hera`s Brother?
Here, the desolate Caucasian.
And where is my Prometheus?

她開始和我討論：「Argus是百眼巨人，看守著由少女Io變成的小白牛，當然，這都是因為好色的Zeus和善妒的Hera這對寶貝夫妻幹的好事。所以，第一句指的應該是Semele被妒害的故事，化身成White Swan的不是別人，正是Zeus這個天字第一號大淫蟲，對不對？」

「哦！是呀！不是明白寫著Hera's Brother嗎？除非是文盲，或是瞎了眼的傢伙才看不懂吧。」我們絕不望那兩位一眼。

「就是嘛！難道會是Poseidon或Hades？好笑死了。欸！妳瞧，這裏像不像desolate Caucasian？」

「Prometheus被拘禁的地方嗎？我不知道。我只知道Prometheus是不存在的。」此時，兩位先生已經自動消失了。

「是呀。但是或許也曾經存在過的……。」小雨恢復了今天低沉的語調。

「妳這是那裏抄來的？」

小雨一笑。

經過這段小插曲，確定今晚一定可以安靜的度過了。這裏的風俗是這樣，沒戲唱的「板凳人員」總在看著戲，並且審慎地作著評估；既然我們已在周圍灑了一圈石灰，再沒人會尖著鼻子過來碰的了；好在這裏的民風不甚強悍。

我將那張已然飽嚐蹂躪的皺紙翻過面來，寫了幾行字給小雨：

> 我看著舞池裏激烈震盪、鑽動、流竄的浮泡，這兒是埃及的最後一塊領地，我要不要縱入眼前的洶湧？還是要在這個海角憔悴而死？然而，我

究竟是一個摩西？還是終於只是一隻旅鼠？

小雨看了之後，在空白處寫上：

妳只會是一隻旅鼠，而且是刻意瘦小的。就算妳用盡所有力氣，最終仍不免死在岸上，妳已經和天神光榮的決鬥了。但這是無關緊要的，不要再說了，好嗎？

——夜的餘燼——

夜太深沉了，人煙漸漸散去。

Duke-can和Beverly一路無語地踱到停車場取車，就在他們的汽車旁，他們看到了小雨兩個人正從對面走過來，不約而同的站定凝望。

這有些不太禮貌。不過當小雨兩人也發現了他倆時，不也一路看著他們，一路走來？

原來他們的車子正好並排停在比鄰車位。這還是頭一次在舞廳之外相遇，他們沒有打招呼，只在取車的同時，深深看了對方一眼。

兩部車子一前一後駛出停車場，走的也同一條路，同一方向；這條路雖然不短，卻不寬，只有雙線道。

到了叉路口，正巧紅燈，這兩部車子規矩地並列在紅綠燈下。

綠燈了，後面的喇叭聲不耐煩地連聲催促，兩部車子才緩緩的動了起來。

商丘開

說起范卿家的子華先生，晉國上下恐怕沒有人不知道吧！單看他的府第，層層疊疊的也不知有多遼闊……。一如我們的子華大人。

先不提鎮在大門口唁對雪白如玉的石獅子；父老相傳，此乃南蠻採來的奇石，由西方一位叫「偃師」的大匠所作。每逢夜裏，吸收月精，專能懲戒對本府不敬的妄人云云。話雖如此，倒也從來沒有聽說過誰遭懲戒的事體；這固可以說是子華大人的威望之著，同時也闡明了全國百姓的愛戴。

府中常住的人物，不是貴胄子弟，就是大本領的俠客、術士；由是出身的官人們，後來無不蔚為大用。所以說，咨爾多士，欲入世一展長才的，又怎能不先求教於我們的子華先生，以期琢成大器呢？

子華先生在晉國並不述官職，但如他這般天生尊貴的大人，又如何可以職務來加以定分呢？即使是官位最高的「三卿」，由他中肯的月旦，便在在能轂預想其升黜。好比黃帝之時有「屈軼」之草，姦人入，則指之；「是以姦人不敢進」。晉國何幸！有此大輔！

我們的子華大人既被確認絕非凡人，眾人津津樂道的瑞象異聞當然很多；甚至「上應天象」，也不免不會沒有這樣的結論罷！其他諸如此類的，自是不必一一細表。

然而這種出格的非常人，不但不是一般的下等士人有幸一晤；功呈之於廟堂，尤非庶民可得妄贊一辭。因此，也不曾聽過傳頌其種種的功業。不過香象之碩大，蓋非親見細品，而天聲皆知皆信，不就理所當然？

單看武士們日夜死鬥於府第之內，不計傷殘，死不旋踵；只為博得子華先生一顧，而能成為晉之風俗，就可見其盛德服眾的一斑。所以連禾生、子伯這等人傑，都捨棄了隱居之樂，願附追隨；竟是不足為怪的了。

大家知道，子華大人的聖明早是奔逸絕塵，實是人人瞠乎其後，此等崇高的景仰，只好是一種慚愧的不知所云。但僅有禾生、子伯稍能領略一二吧！

這兩位看來三十歲許的書生大人，才來不久，便折伏盛眾。不但博學善論、通曉百家，而且一般的清雅脫俗、仙風道骨。奇的是禾生竟已一百五十歲，子伯也屆九十一歲。

卻原來禾生少年之時，曾得異人傳授，二十歲便得道名登。往後即以三十年周期，漸長三十年，又漸少三十年，以此往復不休。因之，年到一百五十歲，身容卻恰當三十歲。而子伯亦因希有難得之機緣，受其灌頂，同列仙籍。

若不是他二人一次酒醉之餘，誤飲老方士秘調的「釋心露」，失態自供，正巧被門外小廝盜聽了去，那是誰也窺不破如是不可思議的秘辛了。當然，老方士窮一生精力調治而成，難能再得的唯一一瓶「釋心露」，也就證實效用驚人，抑且簡直功能通神！

雖然也有子華先生向二人求術不果的傳聞，但那終究只是荒誕無稽的謠傳。從賓主的依舊盡禮融洽，可見這些含妒的無聊言說之幼稚可笑。

輿論都道，像禾生、子伯這樣的絕世高人，大抵也只有子華大人這種蓋世聖雄才可以感召的吧！

的確，府中大人們稱頌的篇章，一時也數之不盡。而這班賢才高士們，學問實在都大得嚇人；所制文章全然深奧凝玄，令人仰止維艱。只有二句：「庫盈黃金，不嫌白玉；席滿珍饈，何妨佳釀。」還算易於領悟。

對於禾生、子伯沸沸揚揚的讚譽，自然誰也沒有異議。但商丘開！這討厭的老頭子，竟也是子華先生的食客！就無論如何都讓人怪歎不已。

說他討厭，倒不是這老頭子專愛招惹人。好吧，就算他是個本份到家的孤老頭子，那也還是挺招人嫌的。

單看他一副寒酸的醜模樣，也就教人沒有胃口再作形容；即便是府裏一塊跌破的碎瓦片，他也不足相稱。大概廁間還未即時脩葺的雜草也比他高貴幾分吧！這猶不足算，最讓人不能忍受的，是他無盡的蠢笨！

而他居然夥著禾生、子伯一同進府。說起來，兩位書生大人的來儀，他也算是一個小小的助緣。當然，若非為了給兩位神仙般的書生大人領路；若非為了倆書生大人早離財貨所羈，雅不願以資財僱傭打雜，這商丘開就算擔著兩擔膽子也不敢逕來靠近子華府。

禾生、子伯兩位大人來的那一日，子華大人正在調教一隻金絲猴兒；那是司空大人獻上的。像這類小事，在府中也算尋常，各府每有稀奇的納供，總歸要流入府中；雖則子華先生絕不貪圖他人餽贈，但官大人們不時遣人致意，也成俗已久。致上什物，也總說是自己「德不足以居之」；不然就是「唯有德者居之」等等。而每當子華先生嚴詞以退，又必致左右敢以死諫；故總也不忍拂逆眾望忒過。只是，若非堪稱奇珍的，一件也不曾有過獻醜。這小金絲猴兒也確有特異之處，非但渾身一色的金光燦爛，還生得一對火眼金睛，子華大人且封牠為「金烏供奉」。其實說是「火眼金睛」，看來也不過是腫眼泡眶兒格外鮮紅罷啦！當街坊們又在道早傳頌之時，城東愛冷笑的孤僻老陶匠倒是吟出不知通也不通的兩句詩：「文君新寡晏起色，容光煥發驕日輪。」不知道說的是什麼？

反正府裏學問大得很，說是「火眼金睛」，就不會是「水眼銀睛」。「火中金」、「水中銀」，府裏黃金白銀算得了什麼東西呢？難道還會認錯？所以，儘管可怪，也沒啥好追究的了。

然而這金毛畜牲卻始終不服管教，著實不通人氣。再者，子華大人實不曾遇過忤逆情事，這一時三刻倒還真個不知要把這潑猴怎麼樣。

不過子華先生在領受潑猴兒嘰嘰吱吱的狼狽當中，也還能有賞心樂事。既是聽差稟報有人前來獻瑞，那也不妨召見了再說。

看那潑猴兒怒氣勃發，只一勁兒使力掙扎，不少停歇。那黃金鉤鍊划著綠玉闌干，丁丁東東，好生悅耳。

禾生、子伯見了子華大人並不卑詞曲膝，只言，其物歸了原主，便逍遙九垓去也；雖然大隱於市亦無不可，唯濁氣瑞氣不可不深辨哉云云。

所謂要歸原主之物究是何物？商丘開聽到了召喚，便即將一路上幾乎壓垮他這副老骨頭的一方石材挑了進來。那是一塊殘碑，也不過不盈尺見方。原是禾生、子伯在商丘之地見殊勝丹氣直衝北斗，發掘而出。碑文皆古，不復可辨，唯「瑞霞出，子華生」六字猶能識得。

當子華大人問及禾生、子伯兩位先生其餘碑文時，兩位先生卻對著殘碑，兜頭便拜，口稱：「一妙至斯！真乃天機！」隨即閉口不言。

待子華大人催請再三，禾生、子伯才勉強言道，若非親見子華大人實鍾瑞氣所生，決計不願一勞唇舌。但即便如此，天機仍然不得苟聞，必夜觀天象，如吉日吉時至，星空或有瑞氣方生，或應碑文某字，即說某字，否則轉福為禍云云。

府中多有名重一時的方士，聞訊紛紛趕來。有欲直斥其非的，有欲一探究裏的；但則一見碑文，無不瞠目直視，口不能言。禾生、子伯傲視群倫，絲毫不為所動。

過了半晌，一班高妙崖岸的大師們，也有喟歎再三的，也有喜極而泣的；總之，一團人氣，一團仙氣，化為一團喜氣。

子華大人問起眾人，可有通曉此碑者，眾人咸曰，只見丹霞氤氳，便可決其不凡！但此碑文乃是仙跡，不能盡識。可是只是這般親炙片刻，亦已參悟不少無上妙道。於是眾人自承不若禾生、子伯高明，咸推許為府中第一等人物。

此時，左右皆道，請將此碑高高供起，容我等禮敬參拜。

於是子華命商丘開將殘碑取出挑子，置之案上。

說也奇怪，當商丘開捧著殘碑一近案旁，那潑猴兒忽地不鬧了。卻躍到商丘開肩上，柔順地偎著他的頸項。

子華大人甚感驚訝，這時卻也慮不及此。只覺這醜老頭子不甚雅觀，便命他持著玉闌干，遣左右領至猴房，責成服侍這匹猢猻。

日子便在商丘開不能理解的笑容及酬酢中慢慢堆疊。

子華大人仍時時調教那金絲猴，而商丘開簡直就只與那猴兒相依為命。

那猴兒的日子過得並不平順，除了商丘開以外，牠不買誰的賬，尤以子華大人的教示為然，直是抵死不從。儘管子華大人軟硬兼施，連哄帶嚇，潑猴兒終究頑劣如昔。

商丘開時常板著面孔數落猴兒，怨牠不識好歹，不該惹大人生氣，人家供養你，你倒耍脾氣。說是自己若養一條牛，卻如此發顛，那是定要宰了當牛肉的。

這商丘開縱然一無是處，看來總還比畜牲略勝一籌；至少他是知好歹的。堂堂的子華大人難道連一隻潑猴都對付不了嗎？這也真令人大惑不解。於是子華先生終於訓令停止金絲猴兒的一切供養，俾澈底摧毀其可惡的一身硬骨。待得馴順可人之後，復客以鐘鼎玉饌。

也是這身金毛太過豐饒，那猴兒直餓了二、三日上，除卻雙頰乾癟、面色憔悴外，依舊通體金光彤彤，不失氣派。

到了七、八日上，那猴兒還不曾餓死。並非這猴當真神異至斯，實在是商丘開心有不忍，得空便偷偷餵養所致。不過格於子華大人的訓令，商丘開也不敢讓那猴兒盡情一飽。

這日，商丘開失手跌碎了素日用來食飯盛水的瓦缽，府裏管撥存器物的爺們又不樂意睬他，於是不得不溜上街來買買。

乞丐還有個破窯碗呢！總不成借那猴兒的金飯碗來用吧？他想。

那商丘開平時例費沒有定分，也不在定規內，不過任賬房草草賞些無關痛癢的碎角子而已，月例一到，飽捱一番作弄，一點點的零碎也還未見得準能到手哩！

且這條天生省儉的老苦命兒，常時好容易苦攢下的幾文，近日也因買幾個爛果子聊裹猴腹給掏弄得差不多了！

沒奈何！就是三、兩個小錢也好歹糊弄個豁口缺角的傢伙來使使罷！他想。

來到城東的粗陶作坊，商丘開不改其猥崽的本色。倒是那孤楞的老陶匠，吊著冷眼掂了掂他，竟換上一臉和煦，挺熱乎地道起契闊來啦。

老陶匠聽說商丘開寄食子華府，眼中不禁掠過一抹詫異，便藹藹相詢。一方面商丘開尚不曾得過人家好臉色，是故心胸泛起一股暖意，初次感受到傾吐的快意。二方面，有問必答似乎就是他的宿命。

一個是少有機會說上三、兩句話的孤老頭子，一個是三、兩句話也不屑說的僻老頭子，哥倆居然就好顏好色的聊開了，只不過一個辭令簡要，一個造句結巴，此一席話真好像太老爺的爹爹撒尿——涓涓是不成的，滴滴也欠俐落。

老陶匠聽商丘開神色憂愁地說起那猴兒，便勸他切勿煩憂。末了拏了他兩枚小錢，塞給他一個小盆兒似的綠釉缽，並叮囑他明日必定再來一趟。

商丘開得了一番安慰言語，心裏也自寬解許多。但則一見那猴兒萎頓憔悴地迎他歸來，心情就又沉了下去啦。

二日上，如約來到城東的陶作坊，老陶匠給他一包褐色的粉末，說是去蟲除蝨的藥劑，要商丘開將那猴兒洗洗，精神也好健旺一些云云。

商丘開既不敢背著子華大人好好餵養猴兒，想讓牠一身清爽倒也算我聊盡一番心意罷啦。

誰知和著藥劑將牠一洗，意氣勃發的一襲金裘，竟成了灰褐斑駁的一塌枯草。商丘開原本就領略不得金絲猴兒的富麗堂皇，這下竟也不覺得此雜毛猴兒有何礙眼。那猴兒的神情一無異樣，他（牠）哥倆兒照舊心安理得就是了。

商丘開正想著，子華大人可有三天沒曾傳喚這猴兒了。遠遠卻漂來聽差大爺吩咐帶金烏供奉覲見。

我們的子華先生一見那毛塌骨立、古鏽斑斕的「金烏供奉」，眉頭便皺了起來，臉色是想詢問，又厭惡地作罷的表情。然後發了一陣脾氣，說是要真餓殺了倒美，毛皮硝製了亦難得；偏生餓壞了一裁好領兜。帶下去！趕出去！別再讓我見到……。

於是，商丘開抱著這「終於飽足」的猴兒逕往東郊行去，一路上喋喋不休抱怨這「倒也悠哉」的潑猴兒。「不識好歹」則是商丘開的結論。

一到山上，那猴兒便縱到樹上，在林子裏忽隱忽現的晃蕩，撒了好一陣歡。商丘開也爬上樹摘了幾枚棗子，坐在樹蔭下歇息。一嘗棗子，卻是酸的，不好吃！倒是那猴兒甩來的幾枚，既清甜多汁，又芬芳滿口。

歇了一會，商丘開便要動身回去，但那猴兒卻似乎不願他走，不時跑來扯他的衣袖。商丘開也不是沒有依依之情，究竟牠是子華府裏唯一相親的伙伴吶！嗳！不成哩！待天色暗了，山路難行呀！

回轉到了城裏，路過陶作坊，與老陶匠提及離去時那猴兒的騷動，似乎不願我回來呢！真是可怪。老陶匠卻表示，那猴兒確然有些道理。對於老陶匠的語焉不詳，商丘開也只得乾瞪兩眼，並不曉從何問起。老陶匠又說，作啥回來？難不成爾還披著一身金毛乎？更是不懂！我又非那猴兒哉。

商丘開橫豎懵懂，也不多想，便心無罣礙的回府裏去了。

日子又平靜的過了下去。當然，府裏間或也有些大小事件發生，只是都與商丘開無甚關連。又當然，誰也不會和商丘開談起什麼。再當然，僅管商丘開並非全無好奇之心，也更當然不敢問些什麼。故所以當然，日子總是平靜的。

然後，出了一樁闔府震動的大事——子華先生的獨生愛子夭亡了！

我們似乎毋須述說此一事件的種種影響，與晉國上下的種種哀悼。至於朝廷、列卿的種種恩禮、致意也實是難以一一表白。再者，喪葬之禮的種種鋪排，也是一管禿筆說之不盡的。

但凡此種種，雖然眾卿、食客建言的所有哀典一體採納照辦，子華先生卻還不能覺得滿意。末了，最不平凡的禾生、子伯二位大人便提出一種特別的祭禮，頗令子華大人眉頭稍得開展。不過此事並沒旁人與聞大計，故是詳情如何，也就無人知悉。總之，府中雖不乏智慮精純、學行高蹈之士，然若論學究天人，誰也不敢與禾生、子伯大人比肩的，所以，也從無一人敢妄與參議。

隨著壙穴的經營，有時府裡亦出現些「吾知之矣」的感歎，但也只是這樣了。偶有「不知不覺」者索問「後知後覺」者，大抵也只能得到「道可道，非常道」之類的回答。

值得一提的，倒不是整座墓盤的規制如何地宏大、巧妙。而是它的地址，沿著子華府的後牆擴出，且與子華府是相通的。

此一雄略，此番壯舉，又再一次展現了子華大人巍岸的威德！儘管數千戶的百姓一夕流徙，儘管他們必需在荒蕪的郊野上重新建立家園，但一些箇的沒有一絲怨歎。如其不是聖明的子華先生為他們指出這是一塊只合營墳的死地，如其不是盛德的子華先生為他們指點了他處將會世代發家的福地，一群合世庸碌的老民們，恐將到死也不明白，為何鎮日的操勞，也只得勉強換取不易維持的溫飽。如此，子華大人帶給老民們無窮的希望，也該是晉國的百姓命中當遇貴人吧！

不僅廣大的輿論眾口交讚，朝裏的官員們也額首相慶，祝賀君主「聖朝興，聖人出」。實在是小民雖知愛戴子華先生，終以見識不足，不能體察子華先生偉略宏觀的用心所在。一位賢明的朝中大員指出，屯民於郊，是興市厚國，闢山野湫壤為重鎮，是繁榮晉國，圖霸天下的妙謀奇策。

好，雖則人人談到子華大人總不禁要讚歎再三，但這且暫時不提。只說日子一久，墓場終於建構完成。

到了子華先生親點的吉日，晨熹未解，已是闔府上下人等雲集，參加禾生、子伯大人親臨襄理的祭禮。

整個典禮的布置，最引人注目的，是祭壇前的四條長案，每條寬約三尺，長幾三十尺。案上羅列著滿滿的珍玩寶物，金、玉、珠、翠，寶光粼粼，映得眾人臉上一片粉亮。

禾生、子伯在大眾間點出四十人來，說是子華大人賜予的莫大榮耀，將負責執行典禮的主要部分。當下便有二人自承德行不足稱，禾生、子伯不許，然而此二人卻再三謙讓不遑，不斷細聲喁喁陳述。此時大眾中較為老成的，大半垂睫頷首，年輕一些的便有數人頗有躍躍欲試之勢，於是很容易的替換上二人。

可怪的是，商丘開竟也在四十人之列。原本他也不覺怎樣，到有二人自承資格不敷時，他就有些惴惴不安了。

禾生、子伯取出四十套禮服命這一干人等換上，並宣布四條案上的珍寶是為禮器，半個時辰內儘將之佩帶於身上，大件的，且可捧在手上。最妙不過的是，禮成之後，便逕賞賜了各人。

在這群情嘩然的當兒，激動、興奮、豔羨、訝異充滿了人群。唯有商丘開，在極度的惶惑中，終於鼓足了勇氣，求禾生、子伯二大人豁免了此一殊榮，說自己不過是個下賤的糟老頭子，能夠住在王宮般的子華府已時常感覺逾分忒多，今竟蒙此破格恩寵，怕要汙了棄世的大公子……。

但任商丘開如何的一片委曲，二位大人總是不聽，不耐煩地遣開了他。此刻，其餘的卅九人已更了新衣，迅速而專注地檢選寶物。商丘開沒奈何，只得抱了禮服下去，預備更換。

這實在是商丘開一生中最隆重的一刻了。一向遲鈍得不通世務的他，頓時緊張得不知如何是好，一下牽動了內急，往廁間便跑。

商丘開並不知覺有人一直暗中尾隨探察，如了廁，待要出來，卻無論如何推不開門。這可真奇了！上了一輩子的廁所，還不曾有過推不開的門哪！到底是怎麼回事？啊！難不成是老天爺怨咱不自估量，竟敢妄自以為公子大喪的執事？是了！是了！準是這樣！天地良心哪！俺商丘開是那根蔥，那棵蒜？怎麼敢動這個妄念呢？這……全不是俺的主意呀！

商丘開這麼心裏一急，兩兒膝一軟，不由自主地便跪了下來。想那廁間能有多少寬敞？那商丘開這般不辨東西地直蹭下來，自然就整個人直瀉下去，栽進茅坑裏去啦！

回頭說這喪禮，吉時將至，案上珍玩早已一掃而空。禾生、子伯二位先生向一干衣衫窄窄的新貴們解說，進了公子墓穴，如何分列，如何執禮，然後將他們列成隊伍。

哎！時辰已然如此逼近，隊伍偏就少了一人，教子華大人如何不怒？這樣眉睫交迫的辰光，似乎也沒啥辦法可想。但子華先生究竟是孚於眾望的，當下便有一人氣喘噓噓地跑來急報，說是一發覺隊裏少了商丘開一人，便疾去搜尋，鑑於子華大人的恩遇，及感於禾生、子伯先生深純的道德，情願義死，不求苟活，總要盡盡忠悃之忱才是。託子華大人的鴻福，便在廁間聽見了商丘開的呻吟。

商丘開糞汁淋漓的被提了上來，子華大人一見更怒，下令將他即刻逐打出府。

而那尋人有功的人，便蒙賜了四十執禮之列。

當那四十執事道貌岸然、道氣肅然的行伍緩緩進入公子墓穴，墓坑口頂上原先鑲得極妥的萬斤巨石不知如何的就砰然滑落！

從此無人再提起此事。

那商丘開真是比喪家之犬還狼狽幾分了，正不知何去何從，不知覺中已到了城東的粗陶作坊。

老陶匠看見了他，也不說什麼，領著他到井邊大肆刷洗一番，才問起緣由。老陶匠勸他不如歸去，硬塞給他一把銅錢，表示自己也是無多錢財的。

商丘開鬱鬱地往商丘的家鄉一路行去，由於年老力衰，加上子華府的一番折騰，感到體力很是不繼，終於昏倒在山路上。

不知過了多久，商丘開覺到一股果香，然後一道蜜汁流進嘴裏脣邊，悠悠轉醒，卻看到一隻神采熠熠的金絲猴兒坐在他的腦袋邊，也正望著他。

餘震年代

夏日的黃昏靜悄悄地消失著，融入了夜晚；溫暖的空氣裏，散發著木犀草和菩提樹葉的芳香。窗口坐著一個姑娘，一隻手托著臉腮，頭靠在肩膀上——是在默默地凝視著天空，好像在等待第一批星星的出現。

——屠格涅夫〈薔薇花，多美麗，多鮮艷……〉

正是春末時節。

一個文弱的年輕人額綁白布條出現在電視新聞，他說：「重現野百合。」

一個健壯黑膛臉額綁白布條的年輕人到一旁靜坐，鏡頭裡他沒有說話。電視新聞的旁白是：「不願沾染黨派色彩……撕毀黨證……退黨……。」

評論者：「……訴求不明確……野百合……五千多……。」

主持人：「……號召……現場的學生還是那麼少，我們先進一段廣告。」

你披上外套又脫下外套，特別在身上加了一件棉質襯衫重新套上外套，又想起什麼，旋身掏出手機擺在桌上，揹了個僅裝紙筆的書包，出門搭車。

經過警局、醫院，一側是政黨中央黨部，另一側是中華民國總統府，向前才是絕食的現場。

錯身而過你才發覺是柯賜海，原來他也並不醒目。

只搭了兩個不大的涼棚，估計躺八、九個人也還寬綽，只是莫要四處翻身。晚間八點多，學生們在鋪滿一地的睡袋上坐著，有的躺著，天候涼爽。封鎖線外，架著一部攝影機，幾部機動遊走的攝影機穿梭著。群眾有的圍觀，有的分組討論，幾步開外的兩側插著小叢白布標語旗，各有民眾不使用擴音器用討論的音量發表對話式的演說。不同於十幾年前的野百合學運，這次的現場並未被噴漆塗滿牌樓門柱、地面，而是貼上一張張的標語。棚邊慘白的粉牆上貼著一幅極大的紙，略嫌潦草的字跡簽上二十多個大學院校名稱。

後方封鎖線外，除了站定、走動的圍觀民眾外，也有人在涼冷的地上鋪著薄草蓆座墊錯落地坐著，身前供著燃燒的一燭蠟淚。

你開始看跟聽，維持著習慣性的沉靜。你沉靜太久了，任誰也不知道你宏大的聲響。我告訴你，你喜歡坐在家中為新聞緊張，天下興亡也爆不掉你的映像管，你比新聞有耐心多了，天道何親？跳樑小丑也終會有過氣的一刻，那時你還在看電視，映像管老化可以換液晶或電漿或不知道什麼，你好期望這個喘息的一刻，在這一刻前的喘息，就交給應無所住而生其心，你還是有是非觀念，只是還在電視爐裡燒烤，你褲帶勒一勒，怕燙不吃。但是我告訴你，你才不是社會的道德良心呢，你只是社會嚼食道德額外的點心罷了。

然而這個時刻，你還不願出聲，你戴上眼鏡，兩個映像管在一撮撮的人叢中出入，或許正在為你的電視復健。

你終於來到「蔣家廟」。雖然一開始你一體的認為多事，看看你現在卻藉著置物帳篷隙出的一線之光閱讀著他們的五大訴求。雖然你止不住心中的批評與不滿，只覺得空洞得像拿85分的卷子四平八穩，但你仍會慷慨地給批上85分，他們已經試圖成長了，不是嗎？

五官端正的女人一身勁裝，黑底黃彩的運動服，黑色的棒球帽與封鎖線內的學生外線的群眾顯然非常同調。

「大學生！我愛你們！我以身相許！我、自焚！」

火點與攝影機、包圍的群眾火花一路跑引線地到牌樓旁，勁裝的火女郎開始吼罵陳水扁，像煙火一樣短暫。

你跟了兩步，又回頭走，絆到纜線。你心裡說：「沒什麼好看的。」你覺得何必這樣嚇唬學生呢，萬一真焚了，恐怕民主會是恐怖的爆裂物，看起來威力尚小的黑色火藥，可也是真夠瞧的了。

心底跟著劇烈搖撼，這多像一起龐大爆炸！

九二一的時候，我幾乎是鷂子翻身地一骨碌跳到寬闊堅固的書架邊蹲著，一下就過去了，一下就過去了，現在我還沒下定決心，只是害怕落入驚惶逃竄的蠢態。我要確定這是一件聰明事兒，那麼即使被譏為蠢物，也才會甘心。所以唸著南無觀世音菩薩也是金剛唸，心裡辯證著尋聲救苦只要心聲。

心靈的巨吼都體現在鎮靜的臉容。

於是你去靜坐報名處要了一份資料，牌樓的燈熄了。人群中冒出不太大聲的一句「故意的」。沒關係，光線越幽黯，聲音越清晰，難道你們還需要閱讀彼此的表情？

的確想要閱讀相同的表情，或熟悉的臉。

那時我還未下決心逃跑，套上外褲，扒開想要衝出門外堆積的書本。站在房門外，與媽媽、哥哥、嫂子抱孩子，眼色不是呆呆便是沉沉。只是十幾秒，怔默中，幾個人又像鍋裡翻炒的豆子，第二次大震，哥哥抱住嫂子，我摟住媽媽，看著壁牆裂出一個滿格的大X。居然還沒停電，我說走吧。披了件厚外套，拉了包包便走。像上回隔壁棟樓的火災，非常鎮定勇敢，在身後護著慢慢蹭的媽媽從安全梯下樓。其實豈止媽媽腿軟？

台灣的秋深時候，本是暖的，但那夜到了南屯公園，陰風慘慘，出乎意外的冷，剝下了外套包住嬰孩，心裡才回了暖意。

大家開始猛撥手機，但是撥哪兒都沒有訊號。

其實訊號不是沒有發出去，只是對方收不到，你只好再試一下。

於是你掏出學生證，晚間十一點許，在入口處簡陋的小桌前報名入場，那個青澀的女學生，我絕不認為她具備辨識各校學生證真偽的能力，但這，本也夠了。那表格簡單到只登記你是某校學生，而這，本也就夠了。一進到靜坐場，大部分學生已經就寢，你靠坐在一堆未使用的椅墊邊，底下墊著睡袋，身上也包蓋著睡袋，望向星空，結果台北市只有天空。

你不想睡，你是一隻夜貓子，受不得打擾，白天是揮霍，只在夜獨靜時生養。

也許正是杞人族、伯慮族的遠古基因被什麼引動。

接下來的幾天，怕餘震，整個台中市區的空地搭滿了帳篷，夜晚也偶有人笑鬧、烤香腸。

暫時落腳舅舅家，舅舅住在公園邊的矮房子，僅一層樓。那裡躺滿了舅舅一家子，包括已經買房的表弟，二姊的女兒上小學，貪睡，我偏巧是緊張大師，怕出事來不及拉她出來，就抱著棉被讓她睡公園的長椅。我就到處遊蕩，聽聽帳篷間的閒語，聽眾人評比環繞公園的每一幢大樓，說是哪一棟可能撐不住等等。

不睡的又何獨只有一人？

兩三個學生也不眠，圍坐著低聲交談。封鎖線外的民眾散了一些，但仍有一些，同樣的把交談的音量放得很低，或走遠說話，怕擾了這些孩子休息。

到底哪一棟樓會倒？

風有點涼，你也因腿痠換了許多架式，你知道封鎖線外還有人在探望你，並與你一點也不相識。封鎖線外三位陪著靜坐的民眾獨是無眠，他們只有股下薄薄的草蓆墊，他們坐得分開，總不發一語，只怔望著封鎖線裡的學生們，也不躺臥，燭光托起了他們不甚清楚的面容。

凌晨三點多，人更少了，除了不熄滅的那三盞燭光，只有很少的人走歇。義工坐在封鎖線邊抽煙，看幾個學生不睡，送來飲料。

匡啷匡啷，一個老奶奶拖著一架兩個小輪子的菜籃車踱了過來，是從後邊的封鎖線靠近。義工上前，老奶奶說我睡不著，燒了一壺水來給這些孩子喝。你跳上前，忍不住扶了一把瘦弱的老奶奶。她搭著你的手：

「你們要喝水啊！千萬別不喝水啊，會死的啊。」老奶奶的淚從家裡走到這裡還是熱的，你急忙捧起杯子，義工抓起菜籃車上的水壺給你滿上一杯，你啜了一口，真的是熱開水。你忙號召還未睡躺的同學都來一杯。

奶奶，風冷，快回去歇著吧，大家都會照顧我們的，你說，把你受風了，我們心裡會不好過的。

老奶奶拖著一把空壺的菜籃車走了，你回去坐好，更睡不著了。說真的，你配嗎？

雖是喝水、洗臉等小事，到底為了什麼要脫離日用充足的日常生活？

媽媽忍不住說要回八樓拿一些用品，我怕得很，直說不要不讓去。媽媽卻一定要，我於是假裝很勇敢說她動作慢萬一震了起來逃不及，我說：「一定要去的話，我去。」三番兩次地跟媽媽check物品清單及其座標，一口氣衝上八樓，腦袋裡計算定預習了七八回的行動程序一一精準實踐，我確當這是生死關頭，一路喘氣地衝下樓，這回可沒腿軟，學建築的哥哥說，大樓最堅固的地方在安全梯此一柱型區。除非是樓斷塌了，我事後知道還是蠻安全的。

總之，到了公園我就覺得安全，當然啦，我也野想過地裂開來什麼的等等。

隨著朋友到埔里災區，朋友的樣品屋還很完整，幾乎不曾受災，到了街頭就不同了。從埔里市中心的圓環四下看，屋子群魔亂舞似地頹廢舞會，有的開花，有的前柱倒了跪下，有的側頭，有的乾脆就散了。再走走，奇景更多，刻著「埔里警察局」厚重的石板門框砥在地上，一個大馬趴的灰頭。有的房子沒倒，開始了一些奇怪的工事，柱子加夾鋼板的，添木柱的，釘巨大角鐵的，說不盡這許多。

兩個女同學家在埔里鎮，一家那兒你孤僻到完全不知道，也沒地方問，一家你竟然去過，那是遠古的一個夏夜，幾個同學相偕到台灣中心地標看星星，就落住在她家。

星星好多，我知道你坐在中正紀念堂牌樓下還在想這個，其實那也是一種強烈的震動，九二一或三一九，只不過你記不得確切的日期罷了。也許更像九一一吧，那天半夜你還在線上，MSN Messenger跳出Blue fog的一句話，

Blue fog說：

世界大戰了！

寂靜的天空說：

啥？

Blue fog說：

中共炸燬紐約了

你跑去轉開電視，一點也沒因為Blue fog的誇大而失笑。像「沙漠風暴」打伊拉克一樣，你微微擔心爆發世界大戰，卻又覺得不至於。像埔里的星空，

你微微擔心那麼滿滿大而亮的一堆星星彷彿隨時將逼落。但是你置身事外，不但是科威特淪陷，沙漠風暴，九一一，就算小布希打海珊，政府「請」海珊48小時內流亡，你也只是空罵。後來以色列連續暗殺哈瑪斯領袖，你的痛苦都還停留在精神性的抽畜，也也許已然器質化。

寂靜的天空？天空真的寂靜嗎？聽著自己的心跳聲……

然後天色由濃轉淡，天光還不曾真正出現，約是五點時候，前圍封鎖線的邊角遞進了一個老頭的聲音：

「這些只是閒書，給你們看啊！」

那邊角的門柱邊便出現了一隻黝黑的手推進一小塔的書，也不知什麼書，是精裝本，而且全新的。你不管，還暗著，你掏出一疊紙開始寫，義工見了忙拿手電筒幫你照，你不要但拗不過他，匆匆寫下：

探監2004.04.07

拉起封鎖線
我們在自主的囚籠裡
將自己展示
那些不耐煩來看我們的
視我們為不馴的幼獸

睡不著的沉夜
送熱開水的奶奶
送閒書的爺爺
視我們是頂罪的兒女

國歌響起，醒來的學生及封鎖線外的民眾都面向國旗肅立，只有你，沒有國家觀念，仍坐靠地上，為這面飄搖的旗子默禱。埔里的星空澈底不見了。

那天我憑藉一點點殘存的記憶，找到了曾去作客的女同學家，也是沒倒，一整排透天厝都還完好，揿了幾次門鈴也沒人應。問隔鄰的婆婆她也不知道，一推門，沒鎖。進去叫喊，不敢太深入，沒人。後來終於連絡上了，都沒什麼損傷，聽說另外一個埔里同學的家坍了，人幸是沒事。

街頭還在清理，路面已都暢通了。朋友說：「第二天我就來了，我猜這下不得了，緊急買了五十個飯糰就趕來，一來馬上分光，那天暗摸摸的停水停電，亂得很。」然後說了些滿街的人清運屍體等事。

屍臭味過了一個禮拜才算散去，看起來是平靜了，而活著的人脈搏還為著苦痛及未死盡的希望，繼續跳動。有時也不免血壓過高。

溫純的護士也幫你量了血壓，說是偏高，隨時監視著你，其實他們不知道，幾日的不進食，你是不會垮的。相對於好好養大的那些學生孩子們，你這慣常捱餓忍饑至於習之為常的粗漢子第一次來行動抗議外界，且用的是你甚至有些麻痺的「不食」手段，或許也算有點兒「不武」之嫌，所以在你漸漸被憐愛、仰佩的眼神淹沒、窒息時，你坦然、但羞愧地滴下淚了。因為你讀到了人群因肚子未曾飢餓而略帶愧視於你們的眼神。

這天夜裡來了三四十個學生一齊駐守，不大的篷子擠得死滿。規模一大便有了組織問題，彷彿回到了中山樵的時代，一下轉入五四，大夥兒開起了內部會議，說話卻越來越工農兵。

大夥兒將如山堆放的睡袋、座墊合力鋪成個大場，分配好了男區、女區，雨卻漸漸大了。大家選好唯能存於天地間的鋪窩，坐著，一片青澀臉孔，幾個主事的幹部東走西蹭，不知要來一場誓師大會還是想要清黨？雨卻一直從邊上漫進來，看看不是勢頭，大夥兒又齊心快手把一地的鋪蓋收妥堆好。

不睡了吧，這水淹七軍的陣式。逃災似的。

只留下了兩鋪蓋墊，兩座新奇的祭壇，躺著兩尊耗弱的、枯槁的，吊著點滴瓶、病態得幾近失去行動能力的神像，這是不可缺少的設備。

設備其實不用多，合適就好。南屯公園設備是不多，除了一點兒童遊戲場外，就是草皮，剛巧在這個惡時辰派上用場，搭滿了各式帳篷，然而實在顯得真是樂天。當我到達埔里，已不見哀號，路邊簡陋的篷子裡堆得亂七八糟什物，人總聚在他處避暑，很不電視新聞的。

但「新聞」總不知道本身曾被傳送了多少、或哪些新聞畫面出去，結果新聞的後續，往往不能靠新聞自己發展。

開始有人慷慨發言，說同學們要組織化，要「民主」，五人訴求需要重新檢討，並付表決。許多生面孔開始各自發揮各式邏輯，彷彿我們正睡在溫暖的家窩，必須搖撼、喚醒。

你跑到音樂廳門廊下抽煙，左臂綁著「讀聖賢書，所為何事」簽字布條的男生也在那兒，他說情勢越來越怪，他來得比你更早，真的，今天是一下子生面孔太多了。真的，你們讀聖賢書，所學何事！

一個頭帶從「重現野百合」改為「不是野百合」的女生也來跟你們抽煙，你們都是安靜的贊助者，從不覬覦核心，原本可以「事了拂衣去」的你們，開始對已經預見而始料未及的分裂展開討論。也許你們不能不當烈士，「讀聖賢書」與「不是野百合」原本是白天上課晚上回鍋的參與者，這下才想走上絕路。

「不一個接著一個餓倒，很像我們只是在開玩笑。」

「可是真的這樣陳水扁就會低頭嗎？」

「怎麼可能？」

「我也覺得不可能，就沒有更好的辦法嗎？」

「除非是革命吧。」

原來你們是因為悲觀絕望而聚首。

那白天猛纏著你談他設計的一系列活動的台大城鄉研究所博士生，也真是樂觀啊。他到底想要搖撼、喚醒什麼啊？又不是寫小說，也要照例地重視情節跟加入高潮？

好吧，可能事件的情節真的太單調了，必需加一點轉折或高潮什麼的，必需有真正的行家出手，以免有拖戲之嫌。那個重要人物羅文嘉在天才欲初白、人最少、你們最疲憊的拂曉時刻中，帶著四、五個著黑西裝、高大凶險的隨扈和幾個攝影記者直闖入封鎖線裡，自己則穿著淺色細格子毛料西裝外套，一種很親民的色調，直接蹲在那個餓乏得病貓似的主事學生耳邊。你措手不及，緊忙糾合起還在場稀少的幾個累得有些離魂的學生，要圍住他，想隔開他們，想擋住照相機，想阻住這個強迫編導的攝影作品，或者乾脆說是合成照吧。啊！你竟然妄想憑著一己，及你那把自以為迴大的傘，來遮擋這「和平的曙光」？

「不要照相！你們這樣擅自闖進來算什麼?!」

怎麼？你這個無神論者也想來保護祭壇的潔淨嗎？

黑衣大漢嚴厲地俯瞪著你，你的身軀很高大嗎？你擋得住什麼？那個餓昏了的學生代表還剩下多少意志力及判斷力？不到兩分鐘，重要人物像星光大道的巨星般，只為鎂光燈稍事停留便踏著勝利的腳步退場，當然，還有別的場子正等他上場。你呢？你們呢？你們已不是展示櫃，不是櫥窗了，這下硬擠入攝影頭，硬擠入一場戲劇了。幾分鐘的旋風一括，原本寥落的攝影棚更加寥落了，你怎麼忽然就變成了一個無主的臨時演員？

放個大晴，經過好幾個或大或小的帳篷區，我騎車回學校兜一圈，教室大樓拉起了封鎖線，門戶緊閉，貼著很草率的「危樓」兩個大字。後來課堂上，當夜宿在樓上研究室的徐老師談起那一段：「我沒出來。櫃子倒了，拿不到長褲，穿著一條內褲怎麼出去見人？」還有阿福老師，被自己一屋子的書堆活埋了，最後是學生從氣窗鑽進去將他考古「出土」，算是九二一的一筆文獻。教室的隔間牆都崩落了，一個學生探見之後，再也回不到年輕人的青澀。

放個大晴，吾爾開希跟鄭麗文都來，他們圍著他們，像營隊，竟然有點溫馨，你正在想，這是不是革命情感？他們到底在慶祝什麼？你只能低頭不語，真的，不管對哪一方面。

封鎖線外人又多起來了。一個學生報名進場，立刻響起掌聲。誰為了榮耀而來？為什麼要將榮耀披在他們身上？你開始猜測起哪一個會是未來的政客，你居然就玩起了這樣無聊的遊戲！而你的悲憤呢？

九二一過後很久，我才忽然想起，公園週邊的大樓，竟就沒有一棟真的倒塌。像開不出頭彩的樂透，儘管大家猜透了各種號碼組合，甚至包牌。

義工跑來，說：「你姊姊來找你了。」

她說不出要你放棄的理由，雖然在你們這種低調家庭中只有低調的傳統，你一向的叛逆也都在低調中進行，但這次，她不願贊同，也不甘反對，只希望這一切是不用發生的。

「該換衣服了吧。」姊姊遞過一個塑膠袋。除了衣物，裡頭還有一罐她最迷信的維他命C，和一罐喉糖。也許她還不明白，這回你仍低調不肯發言。

從誓死而萌生去意，始於他們開始為你們搭起寬綽的木板座與高廣大棚，像法會，又像坐床大典。

這幾日，你第一次在大眾面前忸怩不安。

當組織化這種大敵出現，你的意志退化成贗品，為了確保假學生不能滲透進來搗亂，新到的一大群十幾日來從未出現的生面孔率先掏出了學生證，並要求那些虛弱的、落拓的學生們全體查驗學生證，其行動之畫一，口號之整齊，那架式，的確非常夠格稱得上是具有執行力的執政團隊啊。

清大的女學生把你拉到一旁：「情況不太對啊，那些新來的人好奇怪。」

「前天凌晨那姓羅的闖進來以後，氣氛就開始不大對了吧。」

「你快去跟他們講……。」

聖人不仁，以百姓為芻狗，是夜，當舊成員的鮮血滴落在慘白的百合花上，含忿宣告絕食抗議活動「只能暫時」結束，你在高潮才要點著前一刻起身獨自踱開，你並非在寫小說，你也從未有過一刻以為那是你的江山，你也不是賊曹，你走你的大江南北。而你又走在冷清而色彩炫麗的台北夜城，出場的時候你慣常的一臉冷淡與沉默，彷彿經過一場彌撒的異教徒，走過廟會的無神論者。

天地不仁，以萬物為芻狗，是夜，我不再帶著二姊的女兒露宿，卻再度走進南屯公園閒逛，滿滿的帳篷都陸續撤走了，地上的垃圾被集成一堆堆，還來不及清運。整個城市帶著一絲尚未撇乾淨的遲疑，將之慢慢推入記憶庫裡。

九月過了，四月也過了，而壯烈的夏季始終沒來，但不要傷春悲秋了，再怎麼樣痛，你只是一瓣飄零的殘花，如此踩踏入泥。

獸友圖閣集

文人好事，古來常調，落款齋名，未必有齋；自署山人，何須在山？今稱圖閣者，亦不必樹一樓閣方始成編，是為序。

第一圖：序犬

中文名：摩卡
英文名：Mocca
品種：純居家型狐形犬
性別：男

如果不是染上犬心蟲蟲病，他是否能活過二十歲？獸醫師也沒解答。醫師拿了些醫學照片給我們看，小小心臟解剖出來的心蟲蟲是整把的，每一條都白白的長似麵條，非常可怕。他都十八歲了，醫師說藥性很強，吃也危險，不吃則一定會惡化，你才知道心蟲蟲正殘酷地咬囓著幾顆砰然的心。

不吃藥了，乖，都這麼老了就別吃這趟辛苦了吧。

過了半年多，一直瘦下來，體力跟身體機能不斷衰竭，連最愛吃的狗食罐頭也失去興趣。那一次幫他洗了澡，他異常地合作，也不再尖號，然後拒絕進食，不再吃任何東西。沒有臨去秋波，最後的那些日子，他的視力是喪失的，眼神完全沒有焦點。聽力也沒有了，他連爬都爬不動，那些日子我把他放在我身邊，真正就是貼在身邊，坐不離腳，臥不離肩，他常常莫名地緊張起來，號哭，我得隨時撫摸他才稍能平復。

大姊回來看他的那天近午，我因夜裡要常看視他，精神不好，還在睡，大姊不斷在他身邊跟他講話，然後哭了。他是硬撐到她回來看他才走的，在我們四姊弟又難得齊聚之時。

第二圖：虐童案餘緒

名字：Java（請勿翻譯，如爪哇等。）
品種：Stray Cat
性別：女

她的身世可憐，被發現時，是被鐵絲繞頸掛在一個坡坎上，兩支前爪緊扣著坡沿以維持喉頸透氣。再晚個幾秒鐘發現，她隨時可能氣力耗盡，就地絞死。

貓性多疑，她也許幼時又受過虐刑，陌生人很難接近她。她非常瘦，個子很小，由於成長期營養不良，後來雖經良好照顧，也不長肉發胖。

到家已久，仍見人就躲。就是不躲，一碰她或要抱她，就伸出利爪全力反抗。有陌生人來，一定躲起；想休息睡覺，也是躲起。

以前，她還曾是個帶便當的小貓。廚房裡一袋剩飯菜不見了，久後，清掃陽台時才發現整袋被收藏在洗衣機後面。當時家裡的動物只有一狗二貓，狗鑽不到那種角落，前輩貓Latte生活及飲食都極正常，個性也相對直率多了，況且這隻懶貓諒也無此身手。放桌上的食物只有Java夠膽趁人不備時偷食，一轉眼便叼走躲起喫去。過了一陣子安逸的日子後，她才慢慢戒除偷藏食物的習慣。

她是迷途貓，喜歡從陽台跑到外面玩，卻不知道回家的路。跑了兩回，遍找不到，在電梯裡貼尋貓啟事也沒半點用。第一次找到惶惶失措時，恍然聽到隔壁家中似有貓叫聲傳來，貓聲似有還無，令人懷疑是否思貓心理作祟？幾番貼耳湊到人家家門諦聽，一來聲音稀微，不能決斷，二來這個動作讓人有偷窺的罪惡感，只好苦苦等待鄰人回家，已夜半了。到頭來果是Java貓不知何處是歸程，誤投了別家。第二次更絕，颱風天候，她又不見了，最後也是夜深時到處巡查，在社區隔壁棟大樓的樓梯間聽到貓泣，才抱她回家，一進家門馬上躲進裡間溫暖的衣架下睡覺。從此，通往陽台的廚房門只好保持關閉了。

經過兩年多的調養，Java貓雖然仍長不胖，卻身體健康，很活跳跳。雖仍要躲陌生人，後來的一狗三貓中竟屬她最會黏人撒嬌。但她也易受驚嚇，來呼嚕呼嚕表示舒適與好心情時，除了撫摸她，不能有太大的動作，否則她一溜煙就跑了。這是她的個性、天性，說不定也可能加上還沒完全忘卻兒時厄運的記憶。

第三圖：後福記

名字：O'land（請勿翻譯，如黑輪等。）
品種：Mad Dog
性別：男

O'land能活到現在，活得好好的，活得跳來跳去，活得被好多人害怕，是因為他命裡遇到了貴人。小狗他，大姊剛領養時，不免帶到獸醫院檢查一番，醫生說他得了犬瘟熱，不見得撐得過去。眼前擺著兩條路，送回領養中心，等候「處理」，或花錢請獸醫師治療他，但幼犬體弱，治癒不易，兩條路走到頭來，都有可能再也見不到這條狗了。大姊在家中沒有管錢的權力，哭了。

姊夫陪大姊到獸醫院看O'land狗，這頭日後兇狠的歡狗正憂愁地看著姊夫搖尾巴，又貼到姊夫身上。於是錢花了，不見得撐得過命限的小狗漸漸壯碩起來，雖然呼吸道微有毛病，姊夫說他是「蝦龜」，但卻真的日漸健壯歡愉了起來。

不但有專屬的睡墊、玩具，衣物也不少，雖已斷奶多時了，現在喝的是專門為他選購的牛奶，姊姊、姊夫住的，家的整個後半部約五十坪屬他管區，有矮竹籬隔開。平日婆婆與外籍看護在前半部廳堂及房間活動，臨到外傭要到後半部掃地，得先跟O'land說好話，一邊掃地還要不斷跟他輕聲搭訕，並除了掃地不能移動任何物件，才能全身而退完成打掃這檔危險的小事兒。

獸醫師說他「缺乏社會化」，大姊就帶他出門「社會化」，社會化的結果就是媽媽跟二姊不小心經過他的狗鍊禁區，分別被咬傷了。加上他土匪大的叫聲，狗鍊方圓內跟詭雷區也就差不多。地雷能夠在我們的這個都市叢林中「社會化」嗎？雖然值得努力，我看仍很艱難。

重要的是，他有家，而且活得很帶勁，很愉快。

第四圖：風雨中的寧靜

名字：Latte（請勿翻譯，如拿鐵。）
品種：美國虎斑貓
性別：女

這是家裡的第一頭貓，後腿也許受過一點傷，但痊癒了。由於是名種貓，領養之時被流浪動物收容所盤查不休。卻也因這次的盤駁，家中後來又多了兩頭貓，待得流浪動物中心再要塞來無家的可憐貓兒時，我們只得大嘆無力。我想家裡的烏龍狗對貓咪的忍受已到臨界點，再也受不了了。

怎麼說是名種貓呢？原先只發生在彼此看得對眼，又貪圖她抱起來輕軟，回到家在網路上到處翻翻找找：「你猜怎麼著，烏龍現在跌價，一萬二。Latte倒要一萬四呢。」

Latte貓初來時挺皮，喜歡半夜翻倒垃圾桶為樂，待到長大，可能是後腿一貫的力道不足，長成成貓之後就文靜嫻雅了。這是家中最和諧的一段日子，Latte不是個愛爭寵的孩子，只覷在「最荒涼的時段」偷偷撒個嬌，也漸漸跟烏龍狗建立交情，兩個會靠在一起睡覺，Latte並且會暗中將零碎的貓食撥落地下，烏龍這個一生不知飽為何事的「餓犬」則以少有的機伶頭嘴一掃，第一時間湮滅證據。這是頭餵狗的貓，形成了罕見的「寵物鍊」。

接著，一而不黨的Java貓來了，這還沒事，直到現在惡名昭彰的烏梅貓來了之後，Latte越來越像擺飾了，她不愛，或者不敢與人相爭（與貓與狗也一樣），貓兒一多，烏龍狗日漸不滿，連帶與Latte的情意也淡了些，現在則彼此以客座相待。

相對於咻咻咻飛來飛去的另外兩頭貓，Latte貓很有高年級學長的風範了，守著他的位置，安靜地看，幾乎不再參加任何打架活動，只是時常拉著長音高叫：「我在這裡……我在這裡……。」告訴人家，我在這裡。

第五圖：奮鬥的一生

名字：烏龍（准用日文讀法）
品種：拖把型西施犬
性別：男

他就在路上跟著人走，想是要跟到天涯海角情願走到天荒地老，俗話說，多張嘴吃飯也不過多付碗筷，既然連筷子也省下，那麼，請你來跟我們一起生活罷。

獸醫師說他約只半歲左右，身體狀況良好，沒有什麼問題。看著是不像，也許我們從前養慣了活跳跳的狗，對於這種老愛趴著的毛毛狗總覺得不很對勁，買玩具給他，他也沒什麼興趣，除了吃東西吃得猛烈，人回家他高興十秒鐘，就不覺得有什麼活力。抓起他扭來扭去，也見不到預期的反抗：「他幾時出生的？怎麼生肖是屬麻薯的嗎？」這是他第一次月考的成績。

漸漸我們了解，這就叫「宮廷犬」，一輩子不曾，也別指望發達的我們，遙想著慈禧太后抱著他，那就誰有什麼狗膽敢動他一動？一想果然，這種麻薯般的高貴，我們算是見識到了。

又漸漸，我們越來越長進了，又知道這是「獅子狗」，那下齒暴出的獠牙，不就是舞龍舞獅的那獅子頭臉嗎？喔，以前我們還歧視過這種高貴呢。再想到廟口或古代的豪門前恆座著兩停不像獅子的石獅子，幼時到如今的長久疑惑終於豁然開朗啦，那叫什麼石獅子？根本是駐著兩頭石獅子狗嘛！大概古人少見獅子，轉引的二手資料吧。

證諸史籍，宮廷當中絕對是個爭寵、鬥爭之地。宮廷種的烏龍狗雖然有著貴氣的身段，面對著滿屋子「喵嗚喵嗚」的愛嬌，仍不免挫折日多。於是毛長易髒，動輒被帶著愛意嘲笑為拖把、抹布的烏龍狗越來越愛「忍受」洗澡了。雖然西施的專長是「浣紗」，「洗澡」分明是貴妃的強項，但洗完澡「萬民」爭手傳抱的盛況，恐怕也就是失意人的大麻，久病者的類固醇啦罷！其實你該明白，你會明白的，如果你是拖把、抹布，我們就是浣紗女，我們這就構成一幅千古傳誦的美景，且，無關貓咪。

第六圖：闖將

名字：烏梅
品種：略了吧
性別：男

脖圍一塊白巾子，四支白蹄子，小貓怎麼看都楚楚可憐。「朋友要領養的。」「讓他留下來玩幾天罷。」這是劉備借荊州，三分貓圖也不知是歷史的偶然還是必然？

「這貓上譜的，一溜烏黑，四個爪蹄子白的，稱作『踏雪尋梅』。叫『烏梅』得了。」「有這種貓譜？脖圍一抹白要怎麼說？」「雪地裡難走，跌了個大馬趴，沾上了雪……。」

家裡姓烏的黑白雙璧，烏梅貓、烏龍狗都最喜親近人類，資歷最淺的烏梅貓後來骨相最為壯碩，身架子拉開比狗還長。他不像烏龍，懵懂地流浪過；不像Latte貓，後腿曾經受傷；Java貓的悲慘童年，就更不用說了。自小在屋裡東闖西蕩，什麼也不怕，也沒人／狗／貓跟他爭，餵食的時間到了，他帶頭號叫，繞著人腿蹭進蹭出，其實貓食盆裡食物常常並沒吃光，但不完成餵食的「儀式」，他是絕不干休的。

他喜歡的娛樂很多，貓愛玩的他都愛，但這並不夠，他還喜歡把桌上東西掃下來，杯子因此摔破了幾個，夜半無聊也摔東西叫人起來捉他進被窩睡。他喜歡端坐看著人，把手機輕輕挑撥落到地上。玩到沒東西玩了，就去搶Java貓的位置，Java貓不搶別人位置，必定挑空出的地段休息，但烏梅貓就是要他窩得好好的地盤。Java貓也不是好相與的，貓不犯我，我不犯貓，要戰就戰，烏梅貓是吃過癟的。戰既不行，改用賴的，賴到後來，賴皮當中間歇性的不斷偷襲，Java貓吃不住惱，求個清淨，只好跑開。

烏龍狗早看不慣烏梅貓總愛霸住沙發上人們大腿的行徑，常常捺不住脾氣就按住他廝咬，但怒狗不如驚貓，宮廷狗的小暴牙哪比得上受虐貓反擊的利爪？烏梅貓從來不躲狗，躺著用「手」撥擋，假意抵抗，讓烏龍狗咬個快意。

根據豐富的戰史回顧分析，烏梅貓所以不惹Latte貓，不是因為Latte貓一身的貴氣讓他自慚形穢，而是Latte貓一擠就走，沒戰意就毫無趣味。這世上，烏梅貓唯一知道要害怕的，是和他一樣不知天高地厚的，但牙齒比他爪子利的，偶爾來作客的地雷狗O'land。

圖後記：

樓閣幾易，人物雖昨，畢竟須去，圖盧得能留真？是為跋。

善蛇記

李成保原來是一名捕蛇人，時值秋起，便與人結伴入十萬大山捕蛇。他跟的師傅名字叫馬五寶，雖然年紀不算大，但在捕蛇人之中資歷已深，捕獵的技藝與對蛇性的了解，又實是同業翹楚，因為行五，大家便尊稱他「馬五爺」。

那一年，馬五爺剛收了徒弟，初為人師，總不免刻意抖弄抖弄派頭。李成保是個伶俐的小伙子，也很得人喜愛。這一對年輕的師徒，為師的道行不淺，為徒的善伺人意，在這一夥三、四十人的捕蛇群中，很吃得開了。

上了山，先不忙抄起傢伙捕蛇，按規矩，大家夥兒先到蛇王廟安頓，住上一宿，待祈得了夢，得蛇王爺指示今年可捕「貫中蛇」若干，大夥才敢入山動手。

「貫中蛇」是一種極細小的蛇，在蛇類藥膳裡是重要的材料；所謂「貫中」，意即通貫上、中、下三焦。

馬五爺告誡徒弟說：「蛇王爺的交代下來的數目，鐵定不移，絕不可違。入山兜捕這些長蟲，各憑本事，成堆的蛇球，有時不值一個錢，但珍貴的蛇類也是不少；跟著為師的，總不教你喫虧。唯獨這『貫中』，不論抓捕多少，總是集中計算，不得私藏；依蛇王爺定規的數目，多捕的還須放回。否則，多出一條，便要賠上一條人命。你可仔細了，別犯。」

李成保聽師傅講得嚴厲，忙道：「是，小保省得。先人定下來的規矩，總有它的道理在；小保記住了，慢慢參詳。」

「哪有什麼道理好講？蛇王爺吩咐的，誰敢不遵？小傢伙別亂動腦筋，照辦就是了，須知人有千算，不如老天一算哪！」

李成保微露苦笑，一勁兒稱是。

同行，也是馬五爺的把兄戴二曾經這麼規勸過：「我說老五，您一向藝高人膽大。說到捕蛇這行當，我戴二雖也不含糊，手底下卻總是跟您差上老大這麼一橛，還該多跟著學學。不過收徒可是件大事，您別大意；這個李成保聰明有餘，眼睛咕溜溜的轉，嘴巴像個滿出來的糖罐子，我看就不大靠得住。老五，您得多考慮考慮。」

「哎！我看您真是謹慎過頭啦，二哥，想事情別儘給加一戴二——像您的名兒，是唄？直著去，就成了。我倒看小保是塊好材料，靈活、大膽。」

「老五，您說的，都沒錯。不過我還是喜歡傻小子，只要心竅不蠢就得了。」

「咱們吃的這行飯，說來雖不至於刀口上舔血，步步殺機，但是一入了山，便需打起十二分的精神，反應不夠快，腦筋不機敏些，命再大也不夠賠的啦。這您都清楚的嘛。」

「正就是這話嘍！老五，養個徒弟犯不著像犁蛇，小保是太靈活，膽子太大了點。」

「唷！二哥啊二哥，這就是為什麼您空有一身的好本事，卻總不能在行裡拔尖的緣故了。小心真能駛得萬年船嗎？」

馬五爺還是帶著李成保與眾人分道，入山捕蛇去了。

專往險峻走的這對師徒，收獲的確要比旁人多，不是極珍貴的蛇種，他們寧可不要。李成保不負師望，學得很快，成績也不錯，幾個鼓漲的蛇袋，有不少是他的成果。

他們這回分派到的貫中蛇數額，只有三十條；是少了點，不過既是蛇王爺如山的律令，也就沒啥好說的了。

山上寒意更濃了，馬、李師徒身上的蛇袋已成重負，今年的擄獲像往常一樣圓滿。下山的時候，他們進蛇王廟謝神，遇到不少同伴，大夥兒都是滿載而歸；不過要論到獵獲品類的難得、價值的珍異與捕捉的難度，似乎誰也及不上這對年少輕狂的師徒呢。

他們互相提醒嚴守貫中蛇派定的數額，便分批下山。

回到了城裡，途經「興泰樓」，這是省城裡有名的大飯館子，其中的蛇羹菜餚更是馳譽中外，「龍虎羹」這樣貓蛇同鍋的的名菜，洋人雖聽了不樂意，但「蛇會」的酒席還是有不少老外頗好此道。本地人更不用說了，這是有數承包官宦人家生意的金字招牌之一。

馬五爺每年上山捕獲的蛇也大都賣予興泰樓。一來，不是生意興隆的大館子也吃不起他這麼些數量的好貨色；二來，興泰樓的氣魄大，東西要好，價格好說，爽快！在興泰樓既可以一次傾盡大部分的捕獲，利潤又高，便成了長期的主顧關係。

馬五爺於是先帶著徒弟李成保求見興泰樓的大掌櫃仇爺，想先談談今年的獵獲及大底的價錢上落，這也是每年的成例了。

李成保卻說：「五爺，您跟仇爺談吧，小保有個自小一起長大的哥兒們在興泰樓學夥計，可有多時不見了，我去找他，回頭來尋您，好唄？」

「唔，也好。不過別耽擱太久啊，回來在櫃房外等著，我招你進來給仇爺磕頭。人家可是有身分有地位的老爺子，該當拜見拜見。」

李成保諾諾而退。

到得回馬五爺下處，已過了掌燈時分，馬五爺留下徒弟吃了夜飯，便要他回家歇一宿，明兒個再來安頓獵物。

李成保卻道：「沒關係的，五爺，您老早點歇著吧。我家裡就一個老娘，本來也沒定規幾時回家，遲一天並沒什麼。我看我破著一夜的工夫把蛇籠理理，儘快把這些蛇兒歸一歸，也省得一袋袋蠢動的，驚擾了師娘。」

「哈哈哈……，你不想想你師娘嫁的是誰，會怕這玩藝兒？不過你有這孝心也好，年輕人要勤苦些才會發達。那麼……你要走時朝裡間喊醒你師娘好了。」接著，馬五爺朝裡喊道：「婆娘！灶上給蒸幾個饅頭，小保要趕夜工。

還有，夜裡警醒些，小保要回去時會喊妳給大門上門。」

一夜的工夫，勤快的李成保將蛇群分類安頓好了。天寒微明，乖覺的李成保不敢真喊醒師娘，啃著灶上已冷的饅頭，靜等師娘自己醒來。

李成保走後，他師娘卻忙不迭的搖醒丈夫，說道：「死人，醒來啦。我問你，你差小保給誰送蛇去麼？」

「興泰樓嘛，全包了啊。妳別吵，睏死了。」

「全包了？那怎麼才拎一小袋？」

馬五爺睜開眼：「什麼一小袋？」

「小保啊，他拎著一袋蛇走了啊！」

「當著妳的面？」

「不是，我總覺得這個小毛頭古靈精怪的，不大放心。他等天亮了，見了我才走，大門不用上門閂了不是？我偷偷躡著他，看他拎起門外邊的一個蛇袋，鬼鬼祟祟的走了。」

馬五爺一骨碌坐起身來問道：「走了多久？是回家不是？」

「也才走，我看不是回家，他往上城處走的。」

「嗯，我跟去瞧瞧。」

馬五爺的本事可不天生要捉蛇的麼？他這麼疾步三繞兩拐，眼頭兒一放尖，便盯上了李成保。像捏蛇似的，他只在後面踩著，並不去驚擾獵物。李成保一路快步，來到了興泰樓，卻不在大門上，而是趦進側邊弄子裡，那門戶是專供夥計、菜販、肉販們搬運跟出入的門洞。

李成保不進興泰樓，在離門邊約莫二十步的一株槐樹下縮身站著，腦袋晃蕩著不時四下巡逡，又時時把視線拋在門洞上。

馬五爺在另一株槐樹下偷覷著，這時雖說天才微明，像興泰樓這樣大飯館子的準備工作卻老早便已開始。故這弄子並不清靜，時時被幾把推車、負著籮筐的鄉農輾過，也不時有道晨安的聲音、壓低嗓門的粗野玩笑聲音響動。

馬五爺一看就知道李成保在等人，看那樣子來人似乎遲到了，李成保一臉著急。卻不知他急，馬五爺更急，不是他沒有等勁，不夠耐心，怕就怕路上往來的這些熟識的老鄉們瞧見了他，跟他打招呼，那可就露相了啊。

這個時候，一個瘦身板子的後生從門洞裡走了出來，李成保低聲喚著：「癩頭柱兒，在這兒。怎麼這麼晚？」迎了過去。

癩頭柱兒擤了擤鼻子，罵道：「我哪那麼多閒工夫？天沒亮就得打柴、打水，圈裡的活物也歸我餵養……真不是人幹的。」

「老子可是一夜沒睡呢！少廢話，看東西。」李成保拎過蛇袋來，又道：「一共是二十七條，能得多少？」

癩頭柱兒掂了掂蛇袋，說：「我問了黃叔了，他說給十二兩銀子，他得落一兩好處，我也是一兩銀子，咱們是好兄弟，這不過份吧？」

「才十二兩？你知道貫中蛇的行情嗎？」

癩頭柱兒捏住鼻子，狠狠地又擤了一陣鼻涕；啪哳一聲，甩到地上，那黏手也不揩，一把抓過蛇袋，又掂了掂，說：「年年不同，我打聽過了。今年市價一條要八、九錢銀子，不秤重。怎麼啦？」

李成保大怒，手一伸便要搶回蛇袋，一見布袋上腥而白稠的涕跡，手便定住不動，忿忿地說：「還說什麼好兄弟，這不是明擺著坑我麼？算它一條八錢銀子吧，二十七條不正好是廿一兩六錢銀子嗎？我有算錯沒？」

「沒錯沒錯，黃叔昨晚一撥算盤，也就這數兒。不過他說帳房不肯多出錢啊，我出頭爭過了呀！結果白賺了額頭上一個暴栗子，夠義氣了吧？」

李成保熬了整夜沒睡，一早又來受氣，不由得火氣攀昇，氣鼓鼓地愣杵著，一時間不知該如何對付這癩頭柱兒溫溫吞吞的傀懶勁兒。

馬五爺看到這裡可按不住了，在癩頭柱兒一臉驚詫中大踏步過來，李成保自也聽到腳步聲，背脊一涼，還來不及回頭，後腦瓜子隨著一聲暴喝：「狗崽子！」已捱了一脆響。

「你幹得啥好事！你……你……。」馬五爺氣得說不出話。李成保訕訕地叫了聲：「五爺……。」

馬五爺額角蹦著青筋，粗壯的雙臂交疊在胸前，虎吼：「不要叫我！」頓了一頓，咬著牙又道：「說！你幹得啥好事？」

李成保低下頭來，紅著臉不語，街上的行人都停下腳步觀看。

一個花白鬍子的小老兒卸下扁擔來，說道：「噯，這不是馬老五麼？小把戲幹了什麼啦？用得著一大早當街發火？」

馬五爺轉頭先打招呼：「老爹，您不知道這小畜牲幹的好事……。」說著，夾手奪過癩頭柱兒手上的蛇袋，熟練的解開口上綁著的活扣，略張一眼，又拉緊繩扣，道：「果不出我所料，真是貫中。哼……。」

揚起掌來，立時照著李成保的臉面左右開弓擊去。李成保一跤坐倒在地上，看這兩巴掌是一點也不留力。

老頭兒搡了搡馬五爺：「到底是犯了啥事啦？」

馬五爺雙手叉回胸前，伸腳踢了踢撫頰俯首坐在地上的李成保，罵道：「小狗崽子，說！你自己說！」

李成保抬起頭來，直視著馬五爺，平著口氣一邊說話一邊站起：「五爺，說了您老也不信，我並沒想要吃獨食。」

「呸！你要有本事吃獨食，我會礙著你？我馬五不是這麼小器的人。」說著，揚了揚蛇袋，一推李成保肩頭，又說：「我一路上對你的告誡都算是入了驢耳啦？」

「五爺，您真相信那些鬼話？」

馬五爺一怒，又是一掌劈面擊去：「什麼鬼話？那是——規——矩——。」李成保一個踉蹌，手撫著頰，抗聲答道：「就是您相信這些鬼話，我才瞞著您幹的。」

馬五爺怒不可遏，當街便追打李成保，老頭兒也拉不了架，癩頭柱兒一看不是事兒，便溜回門洞。

那馬五爺一面追打，一面怒罵著：「小畜牲！蛇王爺的吩咐你當鬼話？你自己不想活，也別拉著別人死，幹這種犯大忌的事，算我白疼你了！」

正在不可開交，興泰樓的大掌櫃仇爺踱著步出來了，他聲量也不太大：「馬五，有話好說，別打壞了孩子。」

馬五爺敢是氣炸了，一時沒見到仇爺，也沒想是誰來管事，到仇爺身邊一個小伙子來拉他，才停了手。馬五爺對仇爺一哈腰，搓著手，聲音還不甚平復的說：「仇爺，這……怎麼會鬧得驚動仇爺呢？這……。」

「馬五，你身架子粗，這孩子看樣子還在拉拔，你想打死他啊？」

馬五爺恨聲道：「真恨不得打死他。這小子犯了行規，可饒他不得；沒得驚擾了仇爺。」

「嗯，國有國法，家有家規，既是你家門內的事，我也不好干涉。不過你手頭重，別把小傢伙打壞了，這可是城裡，一切多有不便。」仇爺半伸開手，微微頷首垂眼盯著手上把著的朱泥紫砂壺，半晌，又合手攏起，才又發話：「再說，人都是父母所生，你也別太一意孤行了。」

仇爺轉過身，正想踱回屋裡，李成保卻說話了：「我沒有錯！」

馬五爺當著仇爺面，也不好發脾氣，可是聽了李成保的話，又實在氣極，兩下一激，不怒反笑：「哈！你沒有錯？你沒有錯？那是我錯了？那戴二哥說得不錯，我收了你，就是臥榻上頭養條蛇。」

仇爺回過頭來，他深知馬五為人一向本份老實，也喜歡他。但這時卻看李成保一臉理直氣壯，不禁感到蹊蹺，便說：「馬五，彎不拉不直，我看這小傢伙也頗有些道理；咱們一向不外，信得過我仇某人的話，帶著小兄弟到裡邊說話；別在街上鬧。」

馬五爺愕然：「這……怎敢煩勞仇爺呢？沒這臉面……沒這臉面……。」其實沒臉面的倒不是馬五爺，照說以仇爺的位份，原不必直接插手管底下人的糾紛，況乎馬五爺並非興泰樓的店夥。照當時的風氣來說，仇爺這著，是有失身分的舉措。

礙著仇爺的面子，李成保雖然仍是正式破門，成了棄徒，卻也免去了一頓毒打。

但誰知當天夜裡就鬧出了變故，也不知是李成保的疏忽，還是氣數難逃，馬五爺夫妻遭了毒蛇咬啦。二日晌午鄰人不見馬家太太開門灑掃便覺得可能出事，幾個婆娘漢子議論半天，也敲不開馬家大門，一個膽大的翻牆進去一瞧，果然慘了。

馬五爺夫婦雙雙倒在白家房門口，衙門裡來人驗看，是遭毒蛇所齧，二人身上都有放血急救的傷口，嘴裡也有服用解毒丹藥的痕跡。但馬家太太身已涼了，畢竟沒撐過去，馬五渾身滾燙發腫，看細弱的氣息也只是旦夕之間了。

怎麼出的事兒？這頗不好認定，衙門把戴二找來了到馬家捉蛇、理蛇，並看看端倪。初步判斷問題出在一個破孔的蛇籠，蛇籠年久了原鏽蝕出個縫子，那縫子還用鐵絲修整過，修整的部分倒還完好，岔子出在原本的鏽裂縫口子又鏽蝕得更大縫了，看那痕跡又給蛇身蹭撐大了。至於是什麼蛇，戴二說了可能的幾種，卻也不敢十分篤定。一切只盼馬五能活轉回來，才能細細問明了。

李成保呢？聽到了這個惡消息，倒是三番兩次來探視，但不管如何哀哀哭求，依然被守著馬家的戴二擋在門外，闖走。

過了十來天，馬五終於醒了，雖說是度過了險關，但實在十分孱弱，沒將養個一年半載怕是恢復不來。毒腫消了，臉、身卻留下了不少瘤子，人這麼大折騰下，形貌也變了，變得醜老獰皺，其實馬五才方當壯盛之年。

毒傷後的調養是長期的細磨工夫，家破之後，性情明顯變得陰沉的馬五把戴二也攆走了。實在的嘛，險途已脫，他戴二也有家口子得照料，總不能老耽馬五家。這之後，戴二每相隔個幾天、旬日，得空還來看老兄弟。

可是過了兩、三個月，馬五卻不告而別了，只留下簡單便箋給戴二，說他心冷了，這輩子不再幹捕蛇的這行當了，出門去另尋出路，也不定會回來啦。

李成保既已練就了一手伶俐的拏蛇功夫，雖然師門除名被同行忌拒，卻並未從此放棄捉蛇。少了行規的羈絆，他避著同行熟知的蛇路，總在蛇季之時自己悄悄入山捉捕，反倒得了個自在。不過他埔蛇是捕蛇，卻並不再靠此維生，每回他只專捕於他有用的蛇，捕回了蛇也不再販售出去。

李成保在城裡遠離馬五、戴二等人之處賃了個臨街的小店堂，除去捕蛇時節，就做起了小食攤的生意，但也不過賣些餛飩、辣湯、滷水等物。幾個近鄰之外，沒人知道他在屋後門養著多種的蛇，他不用跟誰進貨，自己來。

夜裡攤子收起，李成保就開始試做蛇羹、幾種蛇材料的菜餚，別處他吃過幾回，但沒學做過，這會兒全憑靈舌和活用的腦子自己摸索。這很不簡單，做得好、能得口碑的蛇羹、蛇會菜餚差不多都是秘傳，也都叫得出字號，一般而言，沒入門拜師學藝是做不出像樣的蛇會大菜的。靠自己胡亂摸索，先不說種種竅門像在黑地裡摸針，光是用到的蛇材料及一些配合的用料就不是雞蛋豆腐般幾個錢能了的，好在蛇料李成保自己可以入山摸來。

果然，試了些時，總是還差得太遠，還摸不著門。但李成保並不心餒，自己早料到這不容易，還須多想、多試、多磨。先是蛇羹，二天兩頭他想到了調整的方法，收了食攤就烹熬起來，試了不行，自己也吃不了，經常就是大半鍋倒掉。

這天李成保食攤打烊，思慮著近幾日來關心的幾個菜譜，想想還是先把蛇羹熬到味了吧，就拉了蛇著靠街的鍋台料理了起來，忽見窗外一張老皺長瘤的臉正看著他。這樣一張醜怪的臉李成保也不免嚇了一大跳，但並沒嚇傻，就咧嘴一笑，說：「這位大叔可是要買吃食？對不住啊，攤子已經收拾了，您抬抬腳到左邊隔街那兒還有夜食攤賣著熱湯熱件呢，勞駕您。」

醜怪臉沒有回話，只是逕往下消失不見，李成保走出門外一看，原來醜臉人坐下了，微佝的背脊磈著壁根，沒吭聲。

李成保也不好說什麼，看來是個可憐人，小攤子又已收生意了，實在不忍心趕人走，況也自覺得沒什麼道理夠他興起趕人的念頭或理由啊。李成保默默的縮了回去，心不在焉的煮著他的蛇羹，推想著剛才打量了幾眼的醜臉人。照他的面容看起來，又瘤又皺，似乎年歲不小，然而背雖微僂，骨架倒沒什麼年老縮蜷的樣子，實在不好看出年紀是壯是老，但總之絕不是自己這樣的年輕人。

胡思亂想中，李成保煮好了意料之中尚不會成功的一小鑊蛇會羹湯，一嚐之下，到底離理想中的味道近了一點沒有，自己也不甚清楚，路途還遠就是了。醜臉人還墜在李成保心頭上，原要倒溝裡的蛇羹，李成保想了想，裝了一大海碗，走到門外，蹲身到醜臉人身邊，還想不定該稱呼他老大爺還是大叔，就說了：「這位爺，這蛇羹……，剛起鍋的，可不是殘羹，只不過我還抓不到烹煮蛇羹的竅門，試做的東西，不是如何中吃，您要是不嫌棄，就將就著暖暖肚子吧。」

醜臉人沙啞著嗓門低聲說：「受累，受累，多謝，多謝。」接過碗，呼呼嘖嘖喝了起來。李成保看醜臉人吃食得帶勁，實在很想問他滋味如何，然又心知自己這道蛇羹雖則調製得不算難吃，但味道絕不是什麼特別得好，人家吃得香也只是餓了吧。況且就是別人讚好，只要通不過自己舌頭這一關，李成保是不會滿意的。不單在人家饑貧時這樣動問人家施捨之物的滋味顯得唐突，李成保又覺得自己蹲人身旁看人家吃羹，也不合適，活像催人快吃等著收碗似的，也怕惹人羞心，便說：「這位爺，您慢用，等等碗擱地上就好，我自會來收。」兩下微一點頭，李成保就進屋門了。

自此，醜臉人就經常在晚食之後，總在李成保小食攤收攤之後自到他屋外牆根坐下，有時連著幾天都來，有時隔幾天才來。李成保並不在意，見醜臉人來，就會盛一大海碗吃食給他，正是試做蛇羹或其他蛇餚的時日就盛蛇羹、蛇餚，不做蛇羹菜餚時便熱一大碗辣湯、一大盤滷件招呼。沒許久，醜臉人像是摸透了李成保的「蛇路」，大半在李成保試做蛇會菜餚的時日來訪，十能中七、八，都像是李成保試蛇餚的伴當啦。而李成保見醜臉人來，即將醜臉人讓進窄小的店堂，不再讓醜臉人坐牆根外吃著，像個乞丐似的，雖然醜臉人的行徑就真是個乞丐。

「我年紀雖不老，總還大著你一截，臉上這五個瘤子就是我的稱號，看得起我，就叫我五叔吧。」醜臉人沙啞的豺聲這樣表示。

二人就這麼熟悉了起來，但也只在吃蛇羹蛇餚的交會辰光，日子當然還是各過各的。李成保猜醜臉人是個傷心人，醜臉人從不提自己的身世，李成保也很知趣不問。但李成保可不是個鈍貨，自與醜臉人相遇開始，就覺得有些異常熟稔的氣味、感覺，只是完全捉摸不到，完全說不上這種飄忽迷離的相熟之感。且醜臉人的面容、身形、聲音定然都不曾在記憶裡出現過，李成保對自己的腦筋是有把握的，卻弄不清楚為什麼對沒曾見過的人會覺到這樣的近熟，雖然不願意簡單的就將之當作是「有緣」了事，卻也實在是無可如何了。

醜臉人五叔雖然都來嚐蛇菜，卻從來不說好吃不好吃，不表示任何意見，吃食的動作不快不慢，一匙匙、一筷筷從容吃完，吃完了也不藉故多留，就走。李成保每回看了半天，從邂逅的第一碗蛇羹開始，就看不出五叔的任何表情，知道五叔不會不喜歡他烹調的蛇羹味道，但這一陣子試煮下來，李成保雖是自知不能算得有多大進展，還不算大成，但一次次的改進之下，卻也不能說是毫無成績。只是看五叔吃了二、三十次，除了蛇羹，其他不成熟的蛇菜色也品了不少，始終仍是一樣沒有任何嫌厭、沒有任何驚豔的一張平靜的醜臉。李成保也不清楚五叔是味覺寬鬆不敏，還是喜厭都不露色的性情。或者，臉上佈著幾個重大的皺瘤讓五叔無法擠出表情？

二人話是不大多談，彼此之間的空氣倒也是漸漸親厚起來，五叔不再用他沙啞的聲音生分地道謝，只是頷首與眼神的柔和明顯多了起來。李成保則常在五叔來吃蛇羹、蛇菜的時候，另外沽來幾角酒，和五叔對飲，這樣的時刻，五叔就會留坐許久，眼神也更見溫煦。五叔和李成保聊著，話還是不太多，常常是李成保多談些做蛇會的種種苦樂、困難、疑問、心得，還說想撐起一座專門做蛇會的小食館。五叔都沒什麼特別攙話，偶爾搭他幾句，但多是點頭聽著。李成保自破門成了棄徒，又遭捕蛇同行排拒之後，自己苦心孤詣捉蛇做羹菜，向自己劃下的道上前進，就幾乎將自己半藏起來，自去捕蛇也刻意避著人知，不是他膽小，一來他肯動腦筋思索讓事情能順當做去的方法，二來他實在不願再觸怒他的師傅馬五爺。自己獨自做活的這一、兩年，沒什麼朋友往來，最後較密切的，也就是眼前這個彷彿熟悉又算得陌生的，沒有表情的五叔了。

再過得一、兩年，聰明又有耐心的李成保對於烹蛇這勾當研究得益發精緻，大半的菜色也都很有模有樣了。除了自己苦心研試，李成保並不只是悶著頭傻熬羹湯，會找時間到處鑑嚐已然立穩字號的蛇羹餚館子，說不上取經，沒有誰真會告訴他任何一丁點兒的竅要，只不過李成保舌愈精，腦愈明，別人的門他有些慢慢摸著了，也有些還總摸不著。這不打緊，李成保慢慢在打造自己的門道。

這一年，他的小食攤開始帶著賣起蛇羹，預先熬製好一大鑊，，爐台上微火護著，勺碗來賣。這還不能算是正式的蛇會席面，僅能說是先略顯些手段，慢慢積養起燴煮蛇餚的口碑、聲氣。

蛇羹做得好，漸漸城裡這一方小百姓都愛來吃他的蛇羹，每日備上的一大鑊並不夠賣，但李成保也不多備，畢竟現在賣的只有蛇羹一味，在他的想法來看，還只能是個開頭，他真正想經營的，是以蛇會席面為招牌的飯館子，不用是多大的字號，有個小康模樣就行。

小食攤可備不了多少種類的蛇席菜色，況有些菜餚用料並不便宜，小門小攤販不上這些個。蛇羹不定要用珍異的蛇種，不算什麼貴重的菜。蛇席的花樣可就多了，主要用飯鏟頭、金甲帶、銀甲帶、過樹榕等，極具卻除風濕惡毒之效，再就是貫中蛇，是「全蛇大會」的主蛇，有貫通三焦之功，名貴無比。常用的蛇配料又有金錢豹蛇、水律蛇、白花蛇、蚯蠑蛇、蟒等多種。《清稗類鈔》記載：「售蛇者以三蛇為一副，易銀幣十五圓。調羹一簋，須六蛇，需三十圓之代價矣。」這說的是「三蛇大會」，可見這種席面菜不是普通小民隨便吃得起的。

蛇宴席、蛇會當中蛇以外的材料也用得不少，例如蛇與貓肉同食，叫「龍虎菜」，與雞同食叫「龍鳳菜」，三蛇大會加入果子狸的蛇羹叫「三蛇龍虎鬥」，加入老貓的就稱「三蛇龍虎鳳大會」。其他的如故老唐魯孫先生所說：「蛇片、蝦片雙炒，叫『雙龍鬧海』，紅燜蛇、鱔、蝦，叫『三星拱照』；

蒜粒炒蟒蛇肚、雞什件，叫做『龍肝鳳膽』；蛇肉煲雞爪，則稱『龍衣鳳足』。」

這些菜色李成保大半都花了些時間揣摩過，雖說還不至於能夠全部精擅，但近這幾年靠著聰明大膽、努力肯學也練就了一把好功夫，自覺得已拿得出手的菜品也漸漸不怎麼少了。但人還不知，要先以蛇羹做先鋒開路。

蛇羹是成功了，為李成保在城裡搏得了小小的名聲，間時又增了幾種簡單的蛇菜，也受歡迎，但下一步呢？什麼時候李成保才可以端得出他的全蛇席面呢？整的席面小食攤是擺不起的，要開飯館子李成保也開不起。小食攤維持生計已不甚容易，況賺得的一點小錢也大半砸在買來試廚藝的各種材料上了，即使偶也能餘下一些小錢，卻又怎麼能攢得成一筆大的呢？這成了蛇味及廚藝日精的李成保心裡恆挂著的憂愁。

話一向很少的五叔說了：「別看五叔落魄，五叔是落魄沒錯，卻也不是毫無根底的人。銀號裡還有一些存銀，也有一座空著的弄堂屋子可以賣錢，兩下一湊，咱們爺倆弄個小小的館子是勉強可行的，怎麼說都比這個窄小的小食攤像樣些。你要是不嫌，我也可以在館子裡幫忙，跑跑堂總行。」

兩人雖然已是日漸親熟，但李成保認為那只是氣氛，實際上彼此還互不知底細呢，能接受他這樣大的恩惠嗎？李成保便苦笑說：「五叔，五叔，您看出我想開飯館子想瘋了，可是您把身家全砸了進來，這叫小保怎麼承受得起呢？」是啊，萍水相逢沒兩、三年，我稱您五叔，您可連對我個稱呼都還沒有哪！您知道我名叫李成保嗎？您只跟著大伙兒叫我保哥兒，就能賣房助我？

「你是怕漂了五叔的木錢？」

「五叔，小保雖是個狂妄人，卻也是個謹慎人，蛇餚館子這行我琢磨好些年了，不是沒把握，但平白要動五叔您的老本……，這怎麼可以。」

「我是看上你是塊好材料，靈活、大膽。」

李成保像是被觸動了什麼，深深看著五叔，說：「不瞞五叔您，小保是個被趕出家門的棄徒。從前捕蛇，師傅也讚我是塊好材料，靈活、大膽。只不過我的靈活、大膽到底還是氣壞了一向恩待我的師傅，我……小保對不起他老人家啊……。五叔，我感激，但是不能接受您的好意，我還年輕，還可以多熬幾年。」

「我……，五叔知道。」

然後兩個人各自低頭沉思，沒談出結果。

過後數日，來了個體面人，自從李成保美味的蛇羹傳開後，偶爾是有身分、派頭體面的饕客聞名前來尋食，李成保得著的評語並不差，但這類的客人並不多，回頭客就更少了，李成保自知廚藝還搆不上一流，只能盡力伺候鍋瓢，再求精進。這天來的體面客特別些，一位長者，是興泰樓的仇老爺。李成保感於當年仇爺曾為他緩頰，更是打起十二分精神巴結鍋台。

仇爺要了幾個炒、燴的蛇菜，也嚐了蛇羹，點點頭說：「老闆，能作蛇會席嗎？」第一次有客人問做蛇會席，李成保想也不想就應：「能！仇爺，只是今天料不齊，您要幾人的席面？」仇爺沉默了一會兒，說：「就五人的席面吧。需要多少時間備料？」李成保心裡飛快盤算，只眼睛轉了兩轉就回：「一天。用料還缺幾樣，仇爺要快的話，明天一天我能把材料備齊，後天仇爺儘管帶朋友來，不會誤事。」

仇爺著跟班上前，對李成保說道：「那就拜託了，老闆，今日的食費和後天席面的定銀老朽這就當面奉上。」跟班就掏出了荷包等著李成保。

李成保一哈腰，一笑說了：「跟仇爺回話，您別叫我老闆，喊我小保成了，我是捕蛇馬五爺的徒弟呀。不過小保只見過仇爺兩回，仇爺該是記不起了。」

仇爺頷首藹藹笑了：「我還心說小哥並不面生呢，原來是當年馬五的愛徒。不過你也別過謙，店堂再小，老闆就是老闆，並不矮人什麼。然，既是舊識，老朽就托大叫你小保了。」

「仇爺見笑了，我這個當徒兒的不孝，氣壞了自己師傅。」

提起了馬五，老少二人都有些黯然。

後日一到，近晚，小食攤窄小的屋堂已經把平日擺著的三副小桌頭及矮凳清空，支上一張圓桌，鋪上素淨的桌巾，連同不知哪裡借來的花瓷杯盤，小店雖然窄仄寒磣，五副座頭儼然，也是難得的粗潔了。

仇爺只帶著一個跟班，施施然來到。仇爺一到，略呷了半杯茶就吩咐開席。問仇爺的客人呢？仇爺只笑笑說：「沒有客人，老朽是想嚐嚐你的席面。」

這是考較了，老大字號大飯館子的老大掌櫃親自到這破落的小街上來試一個小伙子的菜，說起來是有些離譜。李成保心想：「不過仇爺不顧體面的事體，這也不是頭一樁了。」雖然不知是禍是福，但總是不簡單的難能之事，原本就高昂的李成保這下更來勁了。

這一席，李成保一共預備了大大小小十六道，仇爺老，照說撐死也吃不了五人席的十六道，故也就是每一道動動兩、三筷子匙子，純食滋味。十六道菜上完，也耗了一個多時辰，嚐過第十六道，仇爺吩咐把席面撤了，要李成保來陪他坐坐。又讓跟班取出仇爺自帶的茶葉，借李成保的廚下泡了茶來，李成保用杯，仇爺則仍舊捏抱著慣用的紫砂壺。

「整個席面就靠你一個人照料，連個打下手的幫廚都沒有，你這可是下了一番工夫啊。小保，恕老朽唐突動問，你這是跟的哪位師傅學的手藝？」

李成保紅著臉，不是廚裡熱的，是羞赧的，說：「仇爺，我知道自己還有很多關節並不通透。您是大行家，該瞧破我是到處參學，是個外行學內行的野狐禪。」

「小保，你是個聰明上進的年輕人，想不致誤會我賣狂，老朽就直言了。你說你這是野狐禪，沒錯兒的，老朽一生嘴刁，嚐過的席面許多，掌理的興泰樓也算是蛇餚席的一塊硬招牌。依老朽的見識，今天這桌席面是還算不上頂尖。」李成保雙手按膝，身微前傾，紅著臉直視仇爺，等著下文。仇爺捏起紫砂壺滋了一口茶，慢慢嚥下，提出了幾道菜餚的問難，包括用料、工序等，又續說：「你說有些關節還不通透，確然是持平之論，這是功力、火候、見識的不足，可以彌補。然，老朽以為這些不通透處也非全然毫無道理，甚且頗有自出機杼之處。」仇爺迎著李成保的眼光凝視一陣，李成保收起了眼神的銳利，但並不移走。仇爺又說：「小保，你是塊半露的璞玉，假以時日必有大成。年輕人願意沉潛是好事，但長久守著這個小食攤，是可惜了。我曉得你不是個沒成算的傻小子，盍言爾志？」

李成保說：「仇爺，小保自覺得廚藝要再往高明鍛鍊，起碼非得弄個能出全席的小飯館來，不過這是我狂妄。」

「有此打算？」

「仇爺，這只是小保的狂妄想頭，小食攤這些年來，我也沒太用心，心思都浸在蛇餚上去，實在是沒攢到錢。真要開飯館子，還不知要再熬多少年呢。」

「就是這話，小保，聽老朽一言，這樣蹉跎下去不是辦法。」李成保頭微微垂下，仇爺又說：「再說，經營一個飯館子不是易事，並非只是廚房、鍋灶之事，既要錢，也要人，要管、要打理，還要有手腕，擅周旋。小保，我明白你心竅靈活，這些都難不倒你，磨練下去會是經理飯館子的一把好手，但則，這一來，你還有多少時間、餘力留在鍋台邊練功夫呢？這樣，即便飯館子開出名堂了，菜色掛的也不會是小保你的招牌，這就是名廚和生意人的分野了，小保，你打算選哪一樣？」

李成保眼睛放出明亮，說：「仇爺，小保一向是個不知自量的人，您看出來了，我兩樣都想要。」

仇爺撚鬚笑了，說：「我沒看錯，小保，論你是不知自量還是自知甚深，恐也難有定論。小保！」仇爺拉高聲音一喊，李成保嚇了一跳，卻也立刻感到某種轉變像要發生了，只聽仇爺說：「兩樣都要，唯有自己先成名廚才是正辦，先拿別的廚子號召，再擠掉人家，並不是宗聰明事兒，這其中的道理不必細說，我想你也多少能夠體察。小保，來我興泰樓幫一把手吧！以你現在的廚藝成就，不必拜師了，我著咱們興泰樓的大廚江東昇隨時稍稍點撥你幾手就行，依老朽昏昧的老眼來看，不出一、兩年，你的廚藝也許可以與嶺南名廚江東昇比肩。再憑著你的明慧、大膽，前景難以限量。屆時，要開飯館子，就不會是小飯館子了。如何？小保。」

一邊聽著仇爺說話一邊紅著的臉漸凝成紫絳色的李成保眼淚都快跳出來了，豁地站起，仇爺跟班嚇了一跳竄過來，手抬起橫擋在李成保胸前，李成保看都不看跟班，定睛望著仇爺，自把跟班的手推撇開去，仇爺也搖手揮退跟班。李成保微躬了身脊，說：「仇爺，仇爺，小保不敢說什麼士為知己者死的話，仇爺知我，感激的話小保也不多說了，小保聽您老吩咐就是。」說罷垂首彎身，一個深揖。隨後又轉頭歉然的對跟班一笑，一個小揖。

夜轉沉的時候，五叔來了，桌上幾大盤蛇菜餚，雖是殘併了的，卻也是整齊有致，像新上的菜餚。李成保笑咪咪的讓五叔坐定，說：「剛忙完不久，我還沒夜飯呢，五叔一起來吧。望五叔不要嫌棄，雖然是席上撤下來的殘菜，但擺上的都是沒動過筷子的份兒，材料用得並不差，倒掉了可惜。」

五叔濃濃皺起了眉頭說：「菜剩這麼多？是客人嘴太挑？」

「不是，仇爺根本沒帶客人來，他一個人吃不了這麼多菜。」

五叔皺起的眉頭並沒有舒開，說：「小保，仇爺是老饕班子裡修成正果的大菩薩，無拘他說了你什麼，都不要太在意。他能來這小食攤上走過兩回，你小保就夠傲人的啦。」心情大好的李成保先刻意賣著關子，笑笑不答。五叔鬧不清李成保怎地還能笑得出來，心想小保敢是強笑著掩飾失落吧，兩手搭著桌案，瞪著李成保，鄭重說：「創招牌、闖名號本不是宗容易的事，饒你小保已是個有功底的好手，守著這個小食攤，先不說開展不開來，肯拿正眼瞧你的體面人就不會有一個。小保，開飯館吧，五叔這點家底留著不動也是死錢，倒不如活絡活絡，咱們爺兩齊心兜轉，能成的。」

李成保自是感動得很，但他心裡更清楚，同樣是受人提拔的大恩惠，跟著仇爺，自己弄砸了鍋也只是顯出自己不成、自己不夠料，除了辜負了人家的好意、抬舉，終究敗陣的只是自個兒，實說起來也傷不了別個誰。但倘是受了五叔的，雖然自己信任自己絕對能夠撐得起場面來，不會搞砸，但若有個萬一呢？能拖累五叔嗎？這個抉擇並不難。況且，晚間開始，他的心就飄想到江東昇大廚的身上去了，估量著自己該如何去掏摸、探取人家的功夫、手藝。

李成保把手按在五叔手背上，熱熱的說：「五叔五叔，您待小保的好，小保全都知道，無奈小保不能拖著五叔犯險。」就把仇爺來的經過及一席話說了，也明白闡述了自己的想法、考慮、打算。

五叔靜靜聽完，不則聲，李成保看著沒有表情但臉色更為陰沉了的五叔，說道：「五叔，您不替小保高興？您怪小保不接受您的好意？」

五叔說：「這麼說，你要去興泰樓發達了，不理五叔了？」李成保急了，忙說：「五叔您屈死我了，五叔，小保怎麼敢不敬五叔？」五叔不說話，李成保把著五叔的臂說：「五叔，小保發不發達，您都是小保的五叔啊。五叔，您一向不肯說自己的事，小保也不好問起，可是……，至少把住處跟小保說了吧，往後也好去看望您。」

五叔站了起來，將李成保的手撥開，啞啞說：「你……你總是不肯聽我的話。」走了。

其後，李成保再也沒見到五叔，雖然在興泰樓裡很快便嶄露頭角，閒下來時常會鬱鬱想起不知所蹤的五叔，和不知所蹤的師傅馬五爺。

他的兒伴夥友，現下已是興泰樓跑堂領班的癩頭柱兒卻說：「枉你機伶一世，你就沒想過五叔可能就是馬五爺？」

李成保茫然說：「會是麼？」

癩頭柱兒擤了好一會兒鼻涕望地下一甩，但這回掏出了手絹揩手，說：「這宗事兒，馬五爺受難頭尾，只有一個人可以打聽，只有捕蛇的戴二爺清楚始末。」

但城裡捕蛇幫頭兒戴二爺的死訊今早在各茶館裡剛傳出來，說是昨兒夜裡壽終正寢，無疾而終。李成保把拳一握，感覺指間要捕的蛇兒飛竄走了。

跋　開始的結束是開始

國立虎尾科大通識中心副教授／王文仁

1.

小說之於無以名狀的那些，總有難以割捨的穿透力。真實的背面並非謊言，而是想像與虛構。想像揭開輕盈的翅膀，虛構帶來無比的想像。於是，生命的本質是散文，是詩，也是小說，是——「在僻處自說」。

「在」是生命樣態之表述，自我存在之哲思，亦是時間之穿越與超越。「我在」是思索由迷濛而理智，「你在」是生命交會之我與你，「他在」是描繪規模世界的云云大眾。

「僻處」乃允讓大敘述撕裂、大結構崩壞、大中心瓦解，「僻處」是在野之宣示、解構之頑劣、耍賴之必要。

「自說」不是「你說」，不是「他說」，是「我說」。我說我所聽、所見、所聞、所想，我嘻嘻哈哈啜啜泣泣之故事。因而「自說」必須究竟，必須叨絮綿延，必須若入定之老僧。

2.

至廷兄的《在僻處自說》系列從二〇一三年的一集，二〇一四年的二集，到二〇一五年即將出版的外編，始終保持著他一貫異於常人與特殊材質的寫作手法。從形式上來看，前面兩冊經營的是微小說，而最新的一冊中則收羅了十六篇短篇小說。這十六篇的作品原是一道道的櫥窗，讓我們窺見了作者內心的某些真實，也折射出古今以來小說「道聽塗說」的不變本質。

書中的故事體型各異，勉強可區分為武俠軼事、現代寓言與其他。武俠與古代軼事一類的題材，始終是至廷兄樂於經營的對象。所謂俠義中自有人情，人情中不忘俠義。在〈俠客傳〉中，他透過師傅與徒弟的問答形式，為我們揭示了俠客之有用與無用，以及俠的寬宏奧義。〈埋刀〉中，厭倦人間殺戮的吉札兒與和尚相知相惜，最後才知原來是自己年幼的友朋。〈商丘開〉裡，則是透過商丘開與金絲猴兩個角色，嘲諷世人之性好奢華及其愚昧。〈善蛇記〉中，年少無知的李成保在馬五爺與五叔之間，終於了徹了人世間的恩仇。

3.

與武俠、軼事一類的作品相比，「現代寓言」可說是此集中的大宗，其中人情考察有之，荒謬寫實有之，情愛之細密思索亦有之。此書首篇〈兄弟〉，首尾皆以「頭七回家」，帶出陳山、陳立兩兄弟從相互誤解，到一同打拼的生命歷程。〈妹妹〉寫忘懷不了已然逝去妹妹的女子，將自己推上了性格悲劇。〈蒼蠅之死〉藉由細小的蒼蠅的死亡，刻劃存在與命運的荒謬之處。〈燃燒夜〉以「我」和「小雨」來觀看舞廳夜店中的生命燃燒。〈袖釦記〉則是透過溫生博士購買袖釦的首尾情節，帶出地下道中下階層人們的嘻笑與恩情。

在這一系列的作品裡頭，最令人為之一震的，恐怕就是〈餘震年代〉了。這種震撼性，不僅僅因為其所寫的正是前不久發生的九月學運，還在於作者刻意以第二人稱的敘述角度，娓娓叨絮著現實人生的觀察與內在情感的火花。故事從九二一大地震寫起，描寫身為憤青的「你」，參與且透視著一場場的在野革命。激情過後，作者如此寫道：「九月過了，四月也過了，而壯烈的夏季始終沒來，但不要傷春悲秋了，再怎麼樣痛，你只是一瓣飄零的殘花，如此踩踏入泥。」這不禁讓我們自問：雨夜花究竟是這個島嶼人們共同的命運，抑或是走向天明前的悲情？

4.

在這本集子裡頭，還有著一些難以歸類的奇妙作品。像是具後現代顛覆效果的〈說謊者之得獎者一日記〉，允讓布偶們像木偶奇遇記一樣復活的〈布偶奇遇記〉，現代版《山海經》的〈獸友圖閣集〉。這些作品都極富想像空間，也挑戰著小說寫作的彈性與極限。

上述的這些作品，儘管表現的手法各異，但總脫離不了對人的存在議題的思考，以及美好世界的衷心企盼。至廷兄在〈自序〉中，曾經這樣質問著：「打破了威權、權威，權威地帶就會是真空的嗎？」他的答案是：「每一個世代都會自己選擇他們的代表人物，然後出醜給下一代看。能打破這種常規的，才會被稱為偉人，於是回頭看看，每個時世也都有各自崇奉的歷史偉人。」事實上，小說寫作的本質也在打破既有的型態、打破常規與權威，他的挑戰總是意欲瓦解，在破敗中希冀一個美好的完結。那是純厚、真誠的情感所醞釀，也是寫作者最值得推崇之處。

5.

因此，我們也都想望著：「開始的結束是另一個開始。」

釀小說61 PG1271

在僻處自說・外編

──張至廷短篇小說選

作　　者	張至廷
責任編輯	廖妘甄
圖文排版	周妤靜
封面設計	蔡瑋筠

出版策劃	釀出版
製作發行	秀威資訊科技股份有限公司 114 台北市內湖區瑞光路76巷65號1樓 電話：+886-2-2796-3638　傳真：+886-2-2796-1377 服務信箱：service@showwe.com.tw http://www.showwe.com.tw
郵政劃撥	19563868　戶名：秀威資訊科技股份有限公司
展售門市	國家書店【松江門市】 104 台北市中山區松江路209號1樓 電話：+886-2-2518-0207　傳真：+886-2-2518-0778
網路訂購	秀威網路書店：http://www.bodbooks.com.tw 國家網路書店：http://www.govbooks.com.tw
法律顧問	毛國樑　律師
總 經 銷	聯合發行股份有限公司 231新北市新店區寶橋路235巷6弄6號4F 電話：+886-2-2917-8022　傳真：+886-2-2915-6275

出版日期	2015年7月　BOD一版
定　　價	330元

Printed in Taiwan

國家圖書館出版品預行編目

在僻處自說. 外編, 張至廷短篇小說選 / 張至廷著. --
一版. -- 臺北市 : 釀出版, 2015.07
面 ; 公分. -- (釀小說 ; PG1271)
BOD版
ISBN 978-986-445-022-0(平裝)

857.63 104009775

讀者回函卡

感謝您購買本書，為提升服務品質，請填妥以下資料，將讀者回函卡直接寄回或傳真本公司，收到您的寶貴意見後，我們會收藏記錄及檢討，謝謝！

如您需要了解本公司最新出版書目、購書優惠或企劃活動，歡迎您上網查詢或下載相關資料：http:// www.showwe.com.tw

您購買的書名：________________________________

出生日期：________年________月________日

學歷：□高中（含）以下　□大專　□研究所（含）以上

職業：□製造業　□金融業　□資訊業　□軍警　□傳播業　□自由業

　　　□服務業　□公務員　□教職　□學生　□家管　□其它_____

購書地點：□網路書店　□實體書店　□書展　□郵購　□贈閱　□其他

您從何得知本書的消息？

□網路書店　□實體書店　□網路搜尋　□電子報　□書訊　□雜誌

□傳播媒體　□親友推薦　□網站推薦　□部落格　□其他__________

您對本書的評價：（請填代號　1.非常滿意　2.滿意　3.尚可　4.再改進）

封面設計____　版面編排____　內容____　文／譯筆____　價格____

讀完書後您覺得：

□很有收穫　□有收穫　□收穫不多　□沒收穫

對我們的建議：________________________________

____

____

____

請貼
郵票

11466
台北市內湖區瑞光路 76 巷 65 號 1 樓
秀威資訊科技股份有限公司 收
BOD 數位出版事業部

（請沿線對折寄回，謝謝！）

姓　　名：____________ 年齡：________ 性別：□女 □男

郵遞區號：□□□□□

地　　址：____________________________

聯絡電話：(日) ____________ (夜) ____________

E-mail：____________________________